文
景

Horizon

社科新知　文艺新潮

骂观众

[奥地利] 彼得·汉德克 著

韩瑞祥 主编

梁锡江 付天海 顾牧 译

上海人民出版社

编者前言

彼得·汉德克（Peter Handke，1942— ）被奉为奥地利当代最优秀的作家，也是当今德语乃至世界文坛始终关注的焦点之一。汉德克的一生可以说是天马行空独来独往，像许多著名作家一样，他以独具风格的创作在文坛上引起了持久的争论，更确立了令人仰慕的地位。从1966年成名开始，汉德克为德语文学创造出了一个又一个奇迹，因此获得过多项文学大奖，如“霍普特曼奖”（1967年）、“毕希纳奖”（1973年）、“海涅奖”（2007年）、“托马斯·曼奖”（2008年）、“卡夫卡奖”（2009年）、“拉扎尔国王金质十字勋章”（塞尔维亚文学勋章，2009年）等。他的作品已经被译介到世界许多国家，为当代德语文学赢来了举世瞩目的声望。

汉德克出生在奥地利克恩滕州格里芬一个铁路职员家庭。他孩童时代随父母在柏林（1944—1948）的经历，青年时期在克恩滕乡间的生活都渗透进他具有自传色彩的作品里。1961年，汉德克入格拉茨大学读法律，开始参加“城市公园论坛”的文学活动，成为“格拉茨文学社”的一员。他的第一部小说《大黄蜂》（1966）的问世促使他弃学专事文学创作。1966年，汉德克发表了使他一举成名的剧本《骂观众》，在德语文坛引起空前的轰动，从此也使“格拉茨文学社”名声大振。《骂观众》是汉德克对传统戏剧的公开挑战，也典型地体现了20世纪60年代前期“格拉茨文学社”在文学创造上的共同追求。

就在《骂观众》发表之前不久，汉德克已经在“四七社”文学年会上展露锋芒，他以初生牛犊不怕虎的精神严厉地批评了当代文学墨守于传统描写的软弱无能。在他纲领性的杂文（《文学是浪漫的》，1966；《我是一个住在象牙塔里的人》，1967）中，汉德克旗帜鲜明地阐述了自己的艺术观点：文学对他来说，是不断明白自我的手段；他期待文学作品要表现还没有被意识到的现实，破除一成不变的价值模式，认为追求现实主义的描写文学对此则无能为力。与此同时，他坚持文学艺术的独立性，反对文学作品直接服务于政治目的。这个时期的主要作品有剧作《自我控诉》（1966）、《预言》（1966）、《卡斯帕》（1968），诗集《内部世界之外部世界之内部世界》（1969）等。

进入70年代后，汉德克在“格拉茨文学社”中的创作率先从语言游戏及语言批判转向寻求自我的“新主体性”文学。标志着这个阶段的小说《守门员面对罚点球时的焦虑》（1970）、《无欲的悲歌》（1972）、《短信长别》（1972）、《真实感受的时刻》（1975）、《左撇子女人》（1976）分别从不同的角度，试图在表现真实的人生经历中寻找自我，借以摆脱现实生存的困惑。《无欲的悲歌》开辟了70年代“格拉茨文学社”从抽象的语言尝试到自传性文学倾向的先河。这部小说是德语文坛70年代新主体性文学的巅峰之作，产生了十分广泛的影响。

1979年，汉德克在巴黎居住了几年之后回到奥地利，在萨尔茨堡过起了离群索居的生活。他这个时期创作的四部曲《缓慢的归乡》（《缓慢的归乡》，1979；《圣山启示录》，1980；《孩子的故事》，1981；《关于乡村》，1981）虽然在叙述风格上发生了很大的变化，但生存空间的缺失和寻找自我依然是其表现的主题；主体与世界的冲突构成了叙述的核心，因为对汉德克来说，现实世界不过是一个虚伪的名称，丑恶、僵化、陌生。他厌倦这个世界，试图通过艺术的手段实现自我构想的完美世界。

从80年代开始，汉德克似乎日益陷入封闭的自我世界里，面对社会生存现实的困惑，他寻求在艺术世界里感受永恒与和谐，在文化寻根中哀悼传统价值的缺失。他先后写了《铅笔的故事》(1982)、《痛苦的中国人》(1983)、《重现》(1986)、《一个作家的下午》(1987)、《试论疲倦》(1989)、《试论成功的日子》(1990) 等。但汉德克不是一个陶醉在象牙塔里的作家，他的创作是当代文学困惑的自然表现：世界的无所适从，价值体系的崩溃和叙述危机使文学表现陷入困境。汉德克封闭式的内省实际上也是对现实生存的深切反思。

进入90年代后，汉德克定居在巴黎附近的乡村里。从这个时期起，苏联的解体，东欧的动荡，南斯拉夫战争也把这位作家及其文学创作推到了风口浪尖之上。从《梦幻者告别第九国度》(1991) 开始，汉德克的作品（《形同陌路的时刻》，1992；《我在无人湾的岁月》，1994；《筹划生命的永恒》，1997；《图像消失》，2002；《迷路者的踪迹》，2007等）中到处都潜藏着战争的现实，人性的灾难。1996年，汉德克发表了游记《多瑙河、萨瓦河、摩拉瓦河和德里纳河冬日之行或给予塞尔维亚的正义》批评媒体语言和信息政治，因此成为众矢之的。汉德克对此不屑一顾，一意孤行。1999年，在北约空袭的日子里，他两次穿越塞尔维亚和科索沃旅行。同年，他的南斯拉夫题材戏剧《独木舟之行或者关于战争电影的戏剧》在维也纳皇家剧院首演。为了抗议德国军队轰炸这两个国家和地区，汉德克退回了1973年颁发给他的毕希纳奖。2006年3月18日，汉德克参加了前南联盟总统米洛舍维奇的葬礼，媒体群起而攻之，他的剧作演出因此在欧洲一些国家被取消，杜塞尔多夫市政府拒绝支付授予他的海涅奖奖金。然而，作为一个有良知的作家，汉德克无视这一切，依然我行我素，坚定地把自己的文学创作看成是对人性的呼唤，对战争的控诉，对以恶惩恶以牙还牙的非人道毁灭方式的反思："我在观察。我在理解。我在感受。我在回忆。我在质问。"他因此而成为"这个所谓的世界"的另类。

世纪文景将陆续推出八卷本《汉德克作品集》，意在让我国读者来共同了解和认识这位独具风格和人格魅力的奥地利作家。《骂观众》卷收录了汉德克早期的三部戏剧《自我控诉》、《骂观众》和《卡斯帕》。这些被称之为"反戏剧"的"说话剧"都是"没有情景的表演"，没有情节、角色和布景的"语言游戏"。

《自我控诉》拉开了这个系列的序幕。这出短剧只有两个自我控诉者，而没有传统意义上的戏剧角色。两个站在空空如也的舞台上的人物从头到尾诉说着自己的冒犯行为，没有情景，没有对话，只有声音的交替变化。这里以喋喋不休滑稽可笑的诉说展现的是一个人的思想世界；无穷、单调、怯懦和无名的自我控诉表现为一种普遍的自我意识。这种自我控诉实际上变成了一种无与伦比的哀婉，蕴含着对自我认识意味深长的追求。

《骂观众》的问世可以说是汉德克这个时期美学追求的宣言。这出“说话剧”完全否定了传统的戏剧规则，它的空间就是观众的空间，时间和情节亦是如此。全剧没有传统戏剧的故事情节和场次，没有戏剧性的人物、事件和对话，“时间在这里服务于话语游戏”，也没有现实的幻景，只有四个无名无姓的说话者在没有布景和幕布的舞台上近乎歇斯底里地“谩骂”观众，从头到尾演示着对传统戏剧的否定：“这不是戏剧。这里不会重复已经发生的情节。这里只有一个接着一个的现在……这里的时间是你们的时间。这里的时间空间是你们的时间空间。”在这里，观众并没有被纳入戏剧事件之中，而本身就是这出剧的主题和“靶子”：“你们像一个模子铸造出来的。”《骂观众》自始至终伴随着强烈的音乐节奏和日常生活中的各种声音。这种逆反戏剧常规的行为在剧的结尾达到了高潮：从喇叭里响起戏剧观众的喝彩声和口哨声。汉德克在这里把从维特根斯坦那里接受来的语言批判归结到“语言游戏”上，这种“反戏剧”旨在以对语言和戏剧独辟蹊径的反思来否定传统的戏剧表演和接受行为，打破永恒的故事叙述，向束缚读者或观众思维和行为方式的千篇一律的语言模式提出怀疑和质问，从而唤起观众的思考和批判意识。《骂观众》标志着汉德克这个时期一反传统的审美追求。

汉德克之后发表的说话剧《卡斯帕》更进一步深化了语言批判的主题。这出剧的主题就是千篇一律的语言对个体的可操纵性。作者通过表现主人公卡斯帕没有语言无能为力地任外部世界的摆布和有了语言而成为其奴隶的语言游戏过程。这出剧虽说在结构上给人以抽象模式的感觉，但其中却包含着深刻的社会批判意识，因为语言在这里表现为统治体系，一个把个性毁灭殆尽的秩序化模式影响及其后果的典范。与之前的表现不同，卡斯帕是一个有名有姓的个性人物，但观众对这个传奇人物习以为常的期待当然不会得到满足；这出剧表现的不是主人公“现在发生什么，或者过去发生什么，而是一个人可能会发生什么。它要展示的是，一个人如何通过说话而学会说话。它也可被称之为‘说话刑讯’”。卡斯帕来到一个不是他的世界里，他用“吃惊和茫然的表达”

感受着这个世界的界限。他首先试图通过不断地重复“我也想成为那样一个别人曾经是那样的人”这个他根本就不理解的句子来为自己定位，可是他无法以此来控制自己与环境的关系。那些始终未出现在舞台上的提词人便促使他进入一个学习说话的过程。卡斯帕似乎在其中寻找到自己的认同。然而，说话的秩序和存在的秩序相互之间的顺应只是一个假象，它们立刻又异变为一个折磨和奴役人的机制。由于这个用语言奴役人的秩序机制的持续存在，卡斯帕就不可能在这个学习过程中找到自己的认同，因为通过扩音器响彻整个剧场的“休息台词”已经暗示出表演模式与现实世界之间存在的关系：“这些台词包括场外提词人的磁带录音，间歇插入的响声，以及**真正的**政党领导人、教皇和各类新闻发言人，还有国家总统或总理，或许还有**真正的**诗人在某些场合讲话的原声录音。那些句子没有一个是完整的，总是被别的残句补充和替代。虽然观众理所当然的聊天没有受到阻碍，但时而还是受到些许干扰。”《卡斯帕》以别具特色的艺术风格表现了一个现代人被社会语言秩序异化为一个没有了个性的“机器人”的悲剧。这也许就是汉德克通过艺术去“感受”和“质问”生存的根本所在：社会的悲剧。

我们选编出版汉德克的作品，意在让这些集子能够不断地给读者带来另一番阅读的感受和愉悦，并从中有所受益。但由于我们水平有限，选编和翻译疏漏难免，敬请批评指正。

韩瑞祥

2012 年 6 月

目 录

自我控诉
- 1

骂观众
- 27

卡斯帕
- 81

自我控诉

顾牧 译

本剧是为一名男性朗诵者和一名女性朗诵者创作的朗诵剧，没有角色，男性和女性朗诵者的声音相互配合，或交替朗诵，或齐声朗诵，声音的大小变化鲜明，以制造听觉层次。舞台空空的。两位朗诵者使用麦克风和扬声器。观众席与舞台始终保持明亮，不使用幕布，演出结束时也不落幕。

我来到这个世上。

我变了。我是被创造的。我产生了。我长大了。我出生了。我被列入出生登记表里。我年龄越来越大了。

我活动了。我活动了身体的部分。我活动了我的身体。我在原地活动了。我活动着离开了原地。我从一个地方活动到了另一个地方。我不得不活动了。我能够活动了。

我活动了我的嘴。我有了感觉。我让自己能够受到别人注意。我哭喊了。我说话了。我听到了响声。我区分了响声。我制造了响声。我制造了语音。我制造了语调。我能够制造语调、响声和语音。我能够说话了。我能够哭喊了。我能够沉默了。

我看见了。我再次看见了看见过的物体。我有了意识。我再次辨认出了看见过的物体。我再次辨认出了再次看见过的物体。我感知了。我再次感知了感知过的物体。我有了意识。我再次辨认出了再次感知过的物体。

我张望了。我看见了物体。我向一个个所指的物体张望过。我指向了那些所指的物体。我学会了描述那些所指的物体。我描述了那些所指的物体。我学会了描述那些不可指的物体。我学会了。我记住了。我记住了那些学到的符号。我看见了一个个所描述的形体。我用同样的名称描述了一个个类似的形体。我描述了不同形体之间的区别。我描述了不在场的形体。我学会了害怕不在场的形体。我学会了期盼不在场的形体到来。我学会了“期盼”和“恐惧”这两个词。

我学会了。我学会了词语。我学会了动词。我学会了现在是与曾经是的区别。我学会了名词。我学会了单数与复数的区别。我学会了副词。我学会了这儿与那儿的区别。我学会了指示词。我学会了这个与那个的区别。我学会了形容词。我学会了善与恶的区别。我学会了物主代词。我学会了我的与你的区别。我获得了词汇。

我变成了句子的对象。我变成了句子的补足成分。我变成了主句与从句的对象和成分。我变成了嘴的一个动作。我变成了一排字母的组合。

我说了我的名字。我说了我。我用四肢爬过。我跑过。

我曾经朝着某个物体奔去。我逃脱了某种物体。我挺直了身子。我迈出了被动的状态。我变得主动了。我基本垂直于地面行走了。我跳起来了。我曾经不顾重力的阻挡。我学会了在衣服的外面解决内急。我学会了掌控自己的身体。我学会了控制自己。

我学会了会干这干那。我会干这干那了。我会随心所欲地干这干那了。我会用两条腿走路了。我会倒立着用手走路了。我会一动不动了。我会站着一动不动了。我会躺着一动不动了。我会爬了。我会装死了。我会屏住呼吸了。我会杀死自己了。我会吐口水了。我会点头了。我会否定了。我会比划手势了。我会提问了。我会回答问题了。我会模仿了。我会照样学样了。我会玩儿了。我会做什么事了。我会不做什么事了。我会毁坏物体了。我会把一些物体和另一些物体进行比较了。我会想像物体的样子了。我会评价物体了。我会说物体了。我会谈论物体了。我会回忆物体了。

我生活在时间中。我想到了开始和结束。我想到了自己。我想到了他人。我走出了大自然。我变了。我变得不自然了。我来到了自己的过去里。我看出我不是你。我会讲述自己的过去了。我会对自己的过去保持沉默了。

我会想要什么了。我会不想要什么了。

我取得了进步。我使自己变成了我现在的样子。我改变了自己。我变成了另一个人。我变得对自己的历史负责了。我变得对别人的历史共同负责了。我变成众多历史中的一个了。我把世界变成了自己的世界。我变得理智了。

我必须遵从的不再只是自然规律。我应该遵守一个个规则。我应该如此了。我应该遵循人类的历史规则了。我应该作为。我应该不作为。我应该顺其自然。我学会了规则。我学会了把“规则的陷阱”当成规则的隐喻。我学会了行为和思想的规则。我学会了内在和外在的规则。我学会了物与人的规则。我学会了普遍的和特殊的规则。我学会了此岸与彼岸的规则。我学会了气、水、火与土的规则。我学会了规则和规则里的例外。我学会了基本的规则和引申的规则。我学会了应该怎么做。我具备了社会行为能力。

我变了：我应该如此了。我具备了自己动手吃饭的能力：我应该避免弄脏自己。我具备了接受他人习惯的能力：我应该避免自己的恶习。我具备了区别冷与热的能力：我应该避免玩火。我具备了分辨善与恶的能力：我应该避免恶。我具备了按照游戏规则游戏的能力：我应该避免违反游戏规则。我具备了认识自己行为的不当之处并根据这种认识行为的能力：我应该避免恶行。我具备了运用性的能力：我应该避免滥用性力量。

我被各种各样的规则所掌控了。我有个人的信息，我被变成了一个有档案可查的人。我有自己的灵魂，我被与生而来的罪孽玷污了。我有自己的比赛号码，我被列入了比赛者的名单里。我有病了，我被变成了在病历中可查的人。我有自己的公司，我被商业登记在册了。我有自己的特征，我被固定在人物描述中了。

我成年了。我具备了行为能力。我具备了签订合同的能力。我具备了立遗嘱的能力。

从某一个时刻开始我可以犯罪了。从又一个时刻开始我可以被法庭起诉了。从又一个时刻开始我可以失去名誉了。从又一个时刻开始我能够通过合同承诺作为或者不作为了。

我有了忏悔的义务。我有了定点居住的义务。我有了赔偿的义务。我有了纳税的义务。我有了应征入伍的义务。我有了服兵役的义务。我有了上学的义务。我有了接种疫苗的义务。我有了抚养的义务。我有了支付的义务。我有了检查的义务。我有了教育的义务。我有了举证的义务。我有了参加保险的义务。我有了携带证件的义务。我有了申报户口的义务。我有了赡养的义务。我有了执行要求的义务。我有了作证的义务。

我变了。我变得有责任了。我变得有罪责了。我变得可以被原谅了。我必须为自己的历史忏悔了。我必须为自己的过去忏悔了。我得为**那个**过去忏悔了。我必须为我的时代忏悔了。我是伴随着这个时代才来到这个世界上。

我冒犯了时代的什么要求？我冒犯了实践理性的什么要求？我冒犯了什么秘密条文？我冒犯了什么计划？我冒犯了阳世哪些永恒的规律？我冒犯了阴间的什么规则？我冒犯了礼节中哪些最原始的规则？我冒犯了党派的什么方针？我冒犯了戏剧的什么规则？我冒犯了哪些根本

的利益？我冒犯了哪些温和的要求？我冒犯了什么大棒原则？我冒犯了什么当务之急？我冒犯了什么生存规则？我冒犯了什么尽人皆知的规则？我冒犯了什么爱情规则？我冒犯了什么游戏规则？我冒犯了什么美容规则？我冒犯了什么艺术规则？我冒犯了强者的什么权利？我冒犯了虔敬的什么要求？我冒犯了无视规则者的人的什么规则？我冒犯了什么变换花样的要求？我冒犯了什么此岸和彼岸的法律？我冒犯了什么正字法规则？我冒犯了过去的什么权力？我冒犯了什么自由落体定律？难道我冒犯了整个世界这种种规则、计划、想法、要求、准则、标记、章程、普遍的观点和形式吗？

我做了。我没做。我允许了。我表明了自己的态度。我通过思想表明了自己的态度。我通过发表意见表明了自己的态度。我向自己表明了自己的态度。我向自己和他人表明了自己的态度。我向法律和良好习俗的无形力量表明了自己的态度。我向上帝的个人力量表明了自己的态度。

我用动作表明了自己的态度。我用行为表明了自己的态度。我用一动不动表明了自己的态度。我用无所作为表明了自己的态度。

我表明了。我在自己每个表明的态度中都表明了。我在自己表明的每个态度中都表明了履行或者漠视规则。

我通过吐口水表明自己的态度。我通过发泄不满表明自己的态度。我通过拍手赞同表明自己的态度。我通过解手表明了自己的态度。我通过扔掉没有用的与用过的物体表明了自己的态度。我通过杀死生灵表明了自己的态度。我通过毁坏物体表明了自己的态度。我通过呼吸表明了自己的态度。我通过分泌汗液表明了自己的态度。我通过分泌鼻涕和眼泪表明了自己的态度。

我吐口水了。我乱吐出来了。我有目标地吐口水了。我冲着对象吐口水了。我在不应该吐口水的地方向地上吐口水了。我在乱吐是违反健康条例的地方乱吐了。我朝人家脸上吐口水了，因为向他们吐口水就等于在侮辱上帝。我朝物体吐口水了，因为向它们吐口水就等于在侮辱人。我没有面对那些乱吐会给他们带去好运的人乱吐。我没有面对残疾人乱吐。我没有对着准备登场的演员吐口水。我没有用痰盂。我在等候室里乱吐了。我迎着风吐口水了。

我在禁止拍手赞同的地方通过拍手赞同表明了自己的态度。我在表示厌恶不合时宜的时间通过表示厌恶表明了自己的态度。我在不允许表示厌恶和拍手赞同的地点和时间通过表示厌恶和拍手赞同表明了自己的态度。我在人家期望获得拍手赞同的时间没有表示拍手赞同。我在马戏团表演高难度的空中飞人时拍手赞赏。我是在不合时宜的时间表示拍手赞赏。

我把没有用的和用过的物体扔在禁止扔物体的地方。我把物体放在不允许放物体的地方。我把物体堆放在堆放物体要受到指责的地方。我没有上缴遵纪守法的人应该上缴的物体。我把物体扔出行驶中的火车车窗。我没有把垃圾扔进垃圾箱。我把垃圾留在树林里。我把燃烧的烟头扔进干草中。我没有上缴敌人的传单。

我通过说话表明了自己的态度。我通过把物体据为己有表明了自己的态度。我通过养育生命表明了自己的态度。我通过制造物体表明了自己的态度。我通过张望表明了自己的态度。我通过娱乐表明了自己的态度。我通过行走表明了自己的态度。

我行走了。我漫无目的地行走了。我目标明确地行走了。我在路上行走了。我在禁止行走的路上行走了。我没有走在该走的路上。我在漫无目的地行走是一种罪孽的路上行走了。当你可以漫无目的地行走时，我目标明确地行走了。我在禁止有目的行走的路上行走了。我行走了。尽管行走遭到禁止，并且违背优良传统，可是我行走了。我行走穿过一条条通道，因为这样的穿越才是顺应潮流的。我踏上了只要一踏上就是耻辱的土地。我没有证件踏上了禁止没有证件踏上的土地。我离开了只要一离开就是破坏团结的建筑。我踏进了只要顶冠踏进就算失礼的建筑。我踏进了不允许踏进的地区。我进入了一个国家禁止入内的地区。我走出了一个国家只要一走出来就是敌对国家的地区。我在街道上朝着违反交通规则的方向行驶了。我朝着不被允许的方向行走了。我行走了那么远，再继续走下去就不可取了。我在停下来是不礼貌的时候停下了。我在走在别人的右边是欠缺考虑的时候走在他们的右边了。我在为他人保留的座位上坐下了。我在人家命令继续走的时候没有继续走下去。我在需要疾走的时候慢走了。我在需要起床的时候没有起床。

我在禁止躺下的地方躺下了。我在拥挤的人群中站着一动不动了。我在应该伸出援手的时候继续走去了。我进入了中空地带。我在名字包括 R 的那几个月[1]里躺在地上了。我在狭窄的走廊里缓慢行走时阻碍了逃跑的人流。我从行驶中的有轨电车上跳下来了。我在火车停下前就打开了车厢的门。

我说话了。我说出来了。我说出了别人已经想到的。我想到的只是别人已经说出的。我说出的是大家的观点。我伪造了大家的观点。我在说话是大逆不道的地方说话了。我在大声说话是肆无忌惮的地方大声说话了。我在要求大声说话的时候小声说话了。我在沉默是耻辱的时候沉默了。我在需要代表个人说话的时候作为公众代言人说话了。我和那些与之交谈就是有失体面的人交谈了。我问候了那些只要一问候就是违反原则的人。我用只要一说就是与人民为敌的语言说话了。我说起了只要一说起就是不得体的物体。我对自己所知情的罪行保持了沉默。我对死去的人出言不逊了。我在人背后说了人家坏话。我在没人问起的时候说话了。我和正在执勤的士兵

[1] 指除五月、六月、七月和八月之外的其他月份。——中译注，下同

搭上话了。我在车辆行驶的时候和司机说话了。

我没有在意语言的规则。我违反了语言的规则。我说了没有思想的话。我盲目地赋予世界上的物体以种种性质。我盲目地把表示物体的词语赋予表示物体性质的词语。我盲目地用表达物体性质的词语观察了世界。我说物体是僵死的。我说形式多样是多姿多彩的。我说悲哀是灰暗的。我说疯癫是极端的。我说激情是热切的。我说愤怒是气红脸。我说大限之事是不可名状的。我说成长环境是真实的。我说大自然是自由的。我说恐惧是慌乱的。我说大笑是解脱的。我说自由是不可或缺的。我说忠诚是尽人皆知的。我说雾是乳白色的。我说表面是光滑的。我说严格是旧约式的。我说罪人是可怜的。我说尊严是天赋的。我说炸弹是危险的。我说教训是有益的。我说昏暗是沉沉的。我说道德是虚伪的。我说界限是模糊的。我说竖起食指是道学的。我说怀疑是有创造性的。我说信任是盲目的。我说氛围是实事求是的。我说矛盾是能带来益处的。我说新的认识是面向未来的。我说正直是知识分子式的。我说资本是腐败的。我说感觉是迟钝的。我说对世界的认识是扭曲的。我说意识形态是假的。我说世界观是模糊的。我说批评是建设性的。我说科学是没有偏见的。我说准确是科学的。我说皮肤是水嫩的。我说结果是触手可及的。我说谈话是有用的。我说教条是僵化的。我说讨论是必要的。我说观点是主观的。我说激昂是空洞的。我说神秘主义是晦涩的。我说想法是不成熟的。我说游戏是无用的。我说单调是令人疲惫的。我说现象是透明的。我说存在是真实的。我说真实是深刻的。我说谎言是肤浅的。我说生活是多彩的。我说金钱是次要的。我说事实是平淡的。我说瞬间是珍贵的。我说战争是公正的。我说和平是不可靠的。我说负担是多余的。我说对立面是无法调节的。我说战线是不动的。我说宇宙是弯曲的。我说雪是白的。我说水是流动的。我说烟灰是黑的。我说球是圆的。我说某种物体是确定的。我说限度是最大的。

我将物体变为已有。我将物体变成了所有物和财产。我在原则上禁止将物体变为已有的地方将物体变为已有。我将变为已有就会危害社会的物体变为已有。我把解释为私有财产是不合潮流的物体解释成私有财产。我把从私有财产中剔除是不道德行为的物体说成了公有的财物。我漫不经心地对待了应该精心对待的物体。我触摸了只要一触摸就是令人反感和有罪的物体。我将分开是不可取的物体分开了。我没有和需要与之保持适当距离的物体保持适当的距离。我像对待物体一样对待人了。我像对待人一样对待动物了。我和与之建立联系是伤风败俗的生灵建立了联系。我用物体去触摸了就是触碰也没有用的物体。我用买卖是不人道的生灵和物体做买卖了。我漫不经心地对待易碎物了。我把正极和正极相连了。我把外用的药内服了。我触摸了展览品。我撕下了尚未长好的伤口上的痂皮。我触摸了垂下来的电线。我没有给应挂号的信挂号。我没有给应盖章的申请贴上印花。我没有在有丧事的时候穿深色的衣服。我没有用面霜保护自己的脸不受日晒。我买卖奴隶了。我买卖没有经过检验的肉了。我穿着不够牢固的鞋登山了。我没有洗水果。我没有给死于瘟疫者的衣服消毒。我没有把护发水在使用前摇匀。

我看了也听了。我细细地盯着看。我盯着那些细看是放肆行为的物体细细地看。我没有盯着只要不细看就是忽视义务的物体细细地看。我没有关注只要不关注就是狭隘的事件。我没有用条例规定的态度关注事件。我没有在那些只要关注就会泄露真情的事件中移开目光。我在回头看显得没有教养的时候回头看了。我在移开目光是怯懦的时候移开目光了。我倾听了那些只要一倾听他们说话就是丧失气节的人说话。我参观了禁区。我参观了有倒塌危险的房屋。我没有看着正跟我说话的人。我没看着自己正说着话的对象。我看了不值得看和应该拒绝看的电影。我在大众媒体上听了仇视国家的言论。我没买入场券就观看了比赛。我直愣愣盯着陌生人看过。我没戴墨镜就朝着太阳看去了。我在性交的时候大睁着眼睛。

我吃了。我暴食了。我暴饮了。我吞下了吃的和喝的。我进食了四大元素。我呼出吸进了四大元素。我是在吃起来毫无节制的时候吃的。我没有用健康的呼吸方式呼吸。我呼吸了只要一呼吸就是降低身份的空气。我是在吸气有害的时候吸的气。我是在斋日吃的肉。我没有用防毒面具呼吸。我在大马路上吃东西了。我吸进了尾气。我是没有用刀叉吃的饭。我没有让自己从容呼吸。我是用牙齿吃掉圣饼的。我没有用鼻子呼吸。

我玩游戏了。我玩错游戏了。我按照规则玩游戏了，可根据现行的规则，那些规则是违反传统的。我在玩游戏是脱离社会与不合时宜时玩游戏了。我和那些只要跟他们玩就是失去尊严的人玩游戏了。我把玩了那些只要拿它们把玩就是违反礼仪的物体。我在不玩游戏就是不合群的地点和时间没有玩游戏。我在无规则玩游戏就是有个性的时候凭着规则玩游戏了。我在跟别人玩游戏就是人性需求的时候跟自己玩游戏了。我跟那些只要跟他们玩就是狂妄的强权玩游戏了。我没有把游戏当真。我把游戏太当真了。我玩火了。我玩打火机了。我玩了做记号的牌。我玩人生了。我玩喷雾瓶了。我玩弄这个人生了。我玩弄感情了。我玩自己了。我没有玩的号码就玩了。我在这个赛季里没有玩。我玩了对邪恶的倾向。我玩了各种各样的想法。我玩了自杀的想法。我在一片薄冰上玩了。我在陌生的土地上玩了。我玩了绝望。我玩了自己的绝望。我玩了自己的性器官。我玩了文字。我玩了自己的手指。

我身上烙着天生的罪孽来到了人世。我天性就向恶。在对一奶手足的妒嫉中，我就已经表明了自己的邪恶。我到人世不过一天，就已经不再是无罪的了。我大声哭叫着贪婪地寻找过母亲的乳房。我就只知道吸吮。我就只知道满足自己的享受。我的理智让我不想认识存在于宇宙和我天性中的法则。我是在邪恶中受精的。我是在邪恶中被造的。我靠着毁坏物体释放了我的邪恶。我靠着践踏生命释放了我的邪恶。我因为爱玩而不听话了。我曾喜爱游戏带来的胜利感。我曾喜爱奇妙故事带给耳朵的刺激。我曾把人像神一样崇拜。我在诗人们那些毫无用处的东西上得到了比有用的知识更多的乐趣。我害怕文法错误更甚于永恒的规则。我只接受了味觉的控制。我只信任过自己的感官。我没有证明过真实感。我曾经不只热爱无耻的行为，更爱做出无耻的行为。我曾最爱的就是和人一起作恶。我热爱共犯。我热爱共同的罪行。我热爱罪孽的危险。我没有寻找过真相。我在艺术中感受到了对自我的疼痛和同情的兴趣。我醉心于眼之所见。我没有认识到故事的目的。我亵渎了神明。我不切实际。我没有把世界称为**这个**世界。我把那些星体也算成了世界的一员。我向来独来独往。我只是为那些世俗的事物担心过。我没有用冷水浴来克制悲伤。我没有用热水浴来克制激情。我毫无目的地使用了自己的身体。我没有认识到事实。我没有把身体的天性置于精神的天性之下。我否认了自己的天性。我逆着事物的天性而行了。我无头无序地追求过权力。我无头无序地追求过金钱。我没有培养过自己与金钱的关系。我过的是超越自己能力的生活。我不甘心于自己的境况。我自作主张设计了自己的生活。我没有战胜自我。我没有为自己确定归属。我扰乱了那永恒的秩序。我误以为恶无非就是善的缺失。我没有认识到恶只是胡作非为。我在自己的罪孽中孕育了死亡。由于罪孽，我使自己等同于牲畜，它就要上宰杀台挨宰时，却还在准备用来宰杀它们的铁家伙上嗅来嗅去。我没有抵挡住那一个个开端。我没有找到停止的时刻。我构想过上帝的模样。我原本就**不愿**构想上帝的模样。我从未提过上帝的名字。我只信仰语法中的三个人称。我想说服自己上帝就不存在，目的就是不用害怕。我寻找过机会。我没有利用机会。我没有顺应必然。我没有预料到偶然。我没有从反面典型中得到教训。我没有从历史中得到教训。我听凭了各种力量对我的恣意妄为。我混淆了自由和放纵。我混淆了诚实和自我暴露。我混淆了伤风败俗和特立独行。我混淆了梦境和现实。我混淆了生活和俗套。我混淆了强迫和必要的引导。我混淆了爱情和欲望。我混淆了原因和结果。我没有注意到思想与行为的统一。我没有看到物体本来的样子。我成了瞬间魔力的俘虏。我没有把生存视为暂借物。我违背了誓言。我没有掌握语言。我没有否定世界。我没有赞同当局。我迷信上了权威。我没有对自己的性能力精打细算。我寻找为情欲而生的情欲。我对自己没有了信心。我对自己产生了质疑。我浪费了时间。我把时间浪费在睡觉上了。我本想把时间留住。我本想让时间加速。我和时间出于矛盾之中。我不想变老。我本不想死去。我不想顺其自然。我本不能限制自己。我变得没有耐心了。我无心期盼了。我没有想到未来。我没有想到自己的未来。我生活在一个个瞬间中。我自以为是。我装作就像世界上只有我一个人似的。我没有证明什么生活方式。我固执己见。我任人摆布。我没有在自己身上费力。我没有在工作中创造自己的生存条件。我没有在每个穷人身上看到上帝。我没有把弊病消灭在摇篮中。我不负责任地把孩子带到人世。我没有让自己的娱乐适合自己的社会境况。我寻找过与坏人交往。我总想处在中心位置。我过多地独来独往。我过少地独来独往。我太过自我地生活。我没有看出“太”这个词的意思。我没有把所有人的幸福当成自己的崇高目标。我没有把个人利益摆在集体利益之后。我没有配合讨论。我漠视指令。我没有拒绝执行不合理的指令。我没有认识到自己的极限。我没有看到此物与彼物的内在联系。我没有变不利为有利。我改变了信念。我变得不可教诲了。我没有为事业去服务。我满足于已经得到的。我总是只看到自己。我听人唆使。我没有决定要么这样要么那样。我没有表明立场。我打破了各种力量间的平衡。我违反了公认的准则。我没有完成定额。我没有完成既定目标。我就是自己的天与地。我太少呼吸新鲜空气了。我醒得太晚了。我没有打扫人行道。我没有关门。我离笼子太近了。我没有让开入口。我没有让开出口。我在没有紧急情况的时候拉了紧急制动闸。我把自行车靠在了禁止放车的墙上。我乞讨过，上门推销过。我没有保持街道整洁。我没有蹭掉鞋上的泥巴。我在火车行驶中把身体探出了窗外。我在有着火危险的屋子里用了明火。我没有预约就去办事。我没有给残疾人让座。我在酒店的床上抽过烟。我没有拧上水龙头。我在公园的长椅上过夜。我遛狗的时候没有拴着狗。我没有给咬人的狗套上口套。我没有把手杖和伞寄存在衣帽间。我在购买前就摸了货品。我没有在拿完物体后马上把容器合上。我朝火焰按压喷雾瓶。我在红灯时通过路口了。我在高速公路上行走了。我在铁道上行走了。我没有行走在人行道上。我在有轨电车里没有往里走。我没有拉住吊环把手。我在火车靠站的时候使用过厕所。我没有遵从工作人员的指示。我在禁止区域内让机动车马达保持运转。我没有按按钮。我在火车站横跨铁轨。我在列车进站的时候没有向后退。我超过了电梯的最大承载。我破坏了夜间的宁静。我在禁止张贴的墙上张贴了海报。我想推开应该拉开的门。

我想拉开应该推开的门。我在天黑后上街游荡。我在需要保持黑暗的时候点着灯。我在碰到意外的时候没有保持平静。我在禁止外出的时候离开家。我在遭遇灾难的时候没有原地不动。我先想到的是自己。我没整理房屋就离开。我未经许可就拉响了警报器。我未经许可就破坏了警报器。我没有使用安全出口。我拥挤。我踩踏。我没有用锤子敲开窗户。我堵住了道路。我未经许可就还手。我听到警告没有站住。我没有把双手抱放在头上。我没有瞄准腿。我在拉开保险栓后乱摸扳机。我没有先救妇女和儿童。我没有从后面靠近溺水的人。我把手插在兜里没拿出来。我没有立正。我没有让人罩住我的双眼。我没有寻找掩体。我成了明显的射击目标。我动作太慢了。我动作太快了。我动了。

我没有把自己影子的移动看做地球移动的证明。我没有把自己在黑暗中的恐惧看做自己存在的证明。我没有把自己的理智对不死的追求看做自己死后存在的证明。我没有把自己对未来的厌恶看做自己死后不存在的证明。我没有把疼痛的减退看做时间流逝的证明。我没有把自己对生存的兴趣看做时间停滞的证明。

我不是以前的那个我。我曾经不是应该是的那个我。我没有变成我应该成为的那个我。我没有保持应该保持的。

我来到剧院里。我听了这部剧。我朗诵了这部剧。我写了这部剧。

（1966年）

骂观众

梁锡江 译

献给

卡尔海因茨·布劳恩，克劳斯·派曼，巴斯·派曼，沃尔夫冈·温斯，彼得·施泰因巴赫，米夏埃尔·格鲁纳，乌尔里希·哈斯，克劳斯·迪特尔·雷恩斯，吕迪格·福格勒，约翰·列侬。

四个说话者

演员守则

仔细倾听天主教堂里的连祷。

仔细倾听足球场上的助威声与群骂。

仔细倾听自由集会上的齐声呼喊。

仔细倾听一辆倒放的自行车上的轮子的转动，直至轮辐停转，同时注意观察轮辐，直至其最终停止。

仔细倾听马达启动之后的混凝土搅拌机逐渐变强的声响。

仔细倾听辩论时的干扰与插话。

仔细倾听滚石乐队的歌曲《告诉我》。

仔细倾听同时进站与出站的火车的声音。

仔细倾听卢森堡电台的流行音乐排行榜。

仔细倾听联合国的同声传译。

仔细倾听电影《杀机四伏》[1]里面的黑帮老大（李·J. 科布[2]饰演）与美女的对话，美女问黑帮老大，他到底还要让手下杀掉多少人，而黑帮老大向后靠了一下沙发，然后反问道，到底还剩下多少人呢？同时注意观察对话中的黑帮老大。

注意观察披头士的电影。

---

[1] 《杀机四伏》（The Trap）：又译为《七里伏》，美国电影。

[2] 李·J. 科布（Lee J. Cobb）：美国演员。

注意观察第一部披头士电影[1]里面林格·斯塔尔[2]的微笑，就在他被其他人嘲笑之后，坐在了架子鼓的旁边，开始击鼓的时候。

注意观察电影《西部人》[3]里面演员加里·库柏的脸。

注意观察同一部电影里面哑巴的死亡过程，在那个荒凉的城市里面，中弹之后的他沿着那条空荡荡的街道一路跑下，踉跄着，跳跃着，发出那些凄厉的叫声。

注意观察动物园里那些模仿人类的猴子与那些吐口水的美洲驼。

注意观察那些懒汉与游手好闲者在街上走路和在老虎机上玩游戏时不同的神情。

---

[1] 即《一夜狂欢》(a Hard Day's Night)。

[2] 林格·斯塔尔（Ringo Starr）：披头士乐队的鼓手。

[3] 《西部人》(Man of the West)：美国电影。

当观众们进入那个为他们而设的空间时，他们期待着出现那种演出之前的熟悉的氛围。也许在那大幕之后，甚至还能听到某些物体的响动，这些响动要使得观众产生一种舞台布景正在被移动和挪正的错觉。比如说将一个桌子拉过整个舞台，或者故意在摆放椅子的时候发出很大的声音，然后再把它们挪至一旁。坐在前几排的观众还可以听见大幕后面假扮的舞台监督与工人之间的窃窃私语，前者似乎在发出指令，后者似乎在进行沟通。也许在此场景下，使用其他戏剧的真实录音是非常有效的，通过录音观众可以听到，在大幕拉开之前，确实有很多物体被移动过。为了让观众听得更清楚，这些声响将被人为地放大。人们将这些声响加以类型化和风格化，使其能够在其中产生某种秩序或是规律。而在观众席上也要创造一种熟悉的剧场气氛。引座员继续他们惯常的殷勤，力争做到完美，要让自己的一举一动都更加规范与考究，用更典雅的方式压低他们习惯性的细语。他们的举止要富有感染力。节目单要保持雅致的装帧。还不要遗忘了重复性的铃声信号。铃声之间的间隔要逐渐缩短。灯光也要根据情况推迟熄灭。也许可以分阶段进行。引座员现在要去关门，神情要显得特别地庄重威严且令人瞩目。尽管如此，他们仅仅也只是引座员而已，而不应当具有什么象征意义。迟到者不得入内。衣着不得体的观众将会被拒绝接待。对于所谓“不得体的衣着”这一概念，人们可以进行尽可能宽泛的解读。任何人都不得因为自己的衣服而在观众中显得出挑，显得扎眼。男士至少应当身着深色礼服，搭配白衬衫和一条并不惹人注目的领带。女士则应当尽量避免穿戴她们衣橱里面那些色彩艳丽的服饰。剧场里没有站票。在门被关上且灯光逐渐熄灭之后，大幕后面的响动也要逐渐停止。大幕后面出现的寂静则要与观众席上出现的寂静同步。观众们还要盯着大幕一小会儿，大幕仍然在微微颤动，但几乎令人难以觉察，甚至还可以让人假装在幕后面从舞台一侧急匆匆地冲到另一侧，在幕布上造成一个弧形隆起。然后大幕静止下来。再间隔一小会儿。大幕徐徐向两侧拉开，以便观众们能够看见舞台。在舞台清晰可见之后，四个说话者从舞台后方的背景中走上前来。没有东西阻挡他们的脚步。舞台是空的。说话者的步态不会显示出任何东西，服装也是任意的。在他们走上前台的同时，舞台和观众席上的灯光又亮了起来。两处的亮度差不多保持一致，灯光的强度以不刺眼为宜。使用的灯光就是平常的灯光，比如说演出散场时的灯光。舞台与观众席上的灯光亮度在整场演出中都保持不变。说话者在他们走上前来的时候还不能看向观众。他们在走路的时候还要进行排练。他们说的话语绝不可以针对观众。观众绝不可以成为他们说话的对象。对于说话者而言，观众还并不存在。在他们走上前来的同时，他们要活动他们的嘴唇。他们的话语也逐渐清晰可辨，并最终变得很响亮。他们说的骂人话相互交织重叠。他们的话语搅在一起。他们从彼此那里接收单词。他们要先开口说出其他三人要说的话。他们一同说话。他们同时说话，但是说着不同的单词。他们重复这些单词。他们的声音更加响亮。他们喊叫。他们彼此交换排练的单词。他们最终共同排练一个单词。他们在这场序幕中使用的单词如下（顺序并不重要）：你们这些丑恶的嘴脸，你们这些小丑，你们这些傻呆呆的眼睛，你们这些可怜虫，你们这些不要脸的家伙，你们这些活宝，你们这些只知道张着嘴巴傻看着的蠢货。这里要追求的是一定的声音上的统一性。除了音响图像之外不应该存在其他形式的图像。这些咒骂并不针对任何人。人们从他们的说话方式中并不会得出任何含义。说话者要在咒骂排练结束之前到达舞台前方。他们随便地排成一队，但还是要形成一定的队形。他们并不是完全呆板的，而是要配合他们将要说出的话语而有所动作。这时他们要看向观众席，但并没有专门注视某个人。他们还要继续沉默一会儿。他们聚拢起来。然后他们开始说话。说话的顺序是随意的。所有说话者都不相上下地参与其中。

欢迎大家。

这出戏是一个引子。

在这里，你们不会听到任何你们未曾听过的东西。在这里，你们不会看到任何你们未曾看过的东西。在这里，你们不会看到任何你们在这里总会看到的东西。在这里，你们不会听到任何你们在这里总会听到的东西。

你们将会听到你们平时所看到的东西。
你们将会听到你们在这里未曾看过的东西。
你们将不会看到一出戏。
你们的观看乐趣将不会得到满足。
你们将不会看到演出。
这里并没有演出。
你们将会看到一出没有情景的戏剧。

你们曾经期待过某些东西。
你们也许曾经期待过某些别样的东西。
你们曾经期待过各种题材。
你们未曾期待过任何题材。

你们曾经期待过某种氛围。
你们曾经期待过另一种世界。
你们未曾期待过另一种世界。
无论如何，你们曾经期待过一些东西。
你们最好曾经期待过你们将要在这里听到的东西。
但就是在这种情况下，你们也曾经期待过一些别样的东西。

你们一排一排地坐着。你们构成了一个模式。你们按照一定的秩序坐着。你们的脸朝着一定的方向。你们坐着，彼此间保持同样的距离。你们是听众。你们构成了一个整体。你们是处在观众席上的听众。你们的思想是自由的。你们还在动着各自的念头。你们看着我们说话，并且听着我们说话。你们的呼吸彼此类似。你们的呼吸与我们说话时候呼吸相适应。你们在呼吸，正如我们在说话。我们和你们也逐渐形成一个整体。

你们什么都没有思考。你们什么都没有想。你们跟着思考。你们没有跟着思考。你们是无拘无束的。你们的思想是自由的。在我们说了这一点之后，我们就悄悄控制了你们的思想。你们有着隐藏的想法。在我们说了这一点之后，我们就悄悄地控制了你们隐藏的想法。你们跟着思考。你们倾听。你们随之领会。你们并没有随之领会。你们没有思考。你们的思想不是自由的。你们是受压抑的。

当我们和你们说话的时候，你们**注视**着我们。你们不是**注视**着我们。你们注视着我们。你们受到注视。你们暴露在灯光之下。你们不再拥有那些坐在暗处看明处的人的优势。我们不再具有那些站在明处看暗处的人的劣势。你们没有注视。你们注视，并且你们受到注视。通过这种方式，我们和你们逐渐形成一个整体。所以，在一定的前提下，我们可以不再称呼你们为“你们”，而是共同使用另外一个称呼：“我们”。我们同在一个屋檐下。我们是一个封闭的团体。

你们并没有**倾听**我们。你们**倾听**我们。你们不再是躲在墙后面的偷听者。我们公开地对你们说话。我们的谈话不会再垂直于你们的目光。我们的谈话与你们的目光也不再交会。我们的话语与你们的目光彼此不再构成任何角度。你们并没有被轻视。你们并没有作为单纯的起哄者来被对待。对于这里所发生的一切，你们不需要从青蛙和鸟儿的角度做出一个评判。你们不需要扮演裁判的角色。你们不会再作为观众，一种偶尔要作为我们说话对象的观众，来被对待。这并不是戏剧。这里也没有什么“偶尔”。这里没有那种要愉悦你们的剧情。这并不是戏剧。我们并不需要从戏剧中跳出来才能把你们作为说话对象。我们不需要幻象才能让你们醒悟。我们并不会向你们展示任何东西。我们不会演出什么命运。我们不会演出什么梦境。这并不是什么客观报告。也不是什么如实记录。更不是什么事实的片段。我们并不会向你们叙述任何东西。我们不会采取任何行动。我们不会表演任何情节。我们不会展现任何东西。我们也不会做任何东西给你们看。我们只是说话。我们通过与你们攀谈来进行表演。当我们说“我们”的时候，我们指的也可以是你们。我们不会展现你们的处境。在我们身上，你们也不会找到你们自己的影子。我们不会表演什么情景。你们不需要感觉受到了冒犯。你们不能感觉受到了冒犯。你们的面前也并没有竖起什么镜子。我们说的不是你们。你们只是被搭讪。你们正在被搭讪。你们将要被搭讪。你们将感到无聊，如果你们不想被搭讪。

你们不会跟着一起生活。你们不会跟着一起走。你们不会随之领会任何东西。你们不会在这里体验到什么阴谋。

你们不会体验到任何东西。你们不会想像到任何东西。你们不需要想像任何东西。你们不需要什么前提。你们不需要知道，这里是一个舞台。你们不需要有什么期待。你们不需要满怀期待地靠在座椅上。你们也不需要知道，这里只是在表演。我们不是在装腔做傻事。你们也不是在追踪剧情。你们不是在参与演出。这里的演出让你们参与其中。这是一个文字游戏。

在这里，不属于戏剧的东西不会赋予戏剧。在这里，你们并不对自己负责。你们的观看乐趣依然没有被满足。并没有什么火花从我们身上迸发到你们那里。也没有因为冲突而迸射出火花。这舞台并不代表世界。它属于世界。这舞台的功用在于供我们站立其上。这并非与你们的世界不同的另一个世界。你们不再是旁观的看客。你们就是主题。你们就是焦点。你们是我们话语的中心。

不会有任何假象在你们面前制造。你们看不到剧烈摇晃的墙壁。你们听不到伪造出来的关门的声音。你们听不到沙发嘎嘎作响。你们看不到任何情景。你们没有任何幻觉。你们看不到关于任何东西的情景。你们也看不到任何一丝情景的痕迹。你们看不到供人猜谜的情景。你们也看不到空洞的情景。这个舞台的空洞并不是某一种空洞的象征。这一舞台的空洞不会表示任何东西。这个舞台是空的，因为有东西的话就会挡住我们的路。它是空的，因为我们不需要任何东西。这个舞台不会展现任何东西。它不会展现其他的空洞。这舞台是空的。你们看不到任何伪装成其他东西的东西。你们看不到伪装成另一个黑暗的黑暗。你们看不到伪装成另一种明亮的明亮。你们看不到伪装成另一种光的光。你们听不到伪装成其他声响的声响。你们看不到伪装成其他空间的空间。你们在这里不会体验到表示着另一个时间的时间。舞台上的时间与你们的时间没有任何区别。我们拥有同样的时区。我们处在同样的地点。我们呼吸同样的空气。我们同在一个空间之内。这里与你们那里并不是两个世界。舞台的前沿并不是界限。它并不只是偶尔才不是界限。它在我们对你们说话的整个时间里都不是界限。这里不存在一个看不见的圆圈。这里不存在一个魔法圈。这里不是表演的空间。我们不是表演。我们大家都在一个空间里。这个界限上没有孔洞，它也不是通透的，它根本就不存在。我们与你们之间不存在什么辐射带。我们并不是什么活动的道具。我们不是什么东西的影像。我们不是表演者。我们不会表演任何东西。我们不会介绍任何东西。我们没有艺名。我们的心跳不表示其他的心跳。我们凄厉的喊叫不表示其他凄厉的喊叫。我们不会从角色中跳出来。我们没有角色。我们就是我们。我们是作者的传声筒。你们不可能了解我们。你们不需要了解我们。我们就是我们。我们的意见不需要与作者的意见重合。

照着我们的这盏灯不必表示任何意义。我们穿着的衣服也不需要表示任何意义。衣服不会展现任何东西，它不会很特别，也不会表示任何意义。它不会向你们暗示另外一个穿它的时间，另外一种穿它的气候，另外一个穿它的季节，另外一个穿它的纬度，另外一个穿它的理由。它没有功能。我们的手势也没有什么功能，不会向你们暗示什么东西。这不是什么“世界人生皆如戏”[1]。

我们不是插科打诨的小丑。这里没有会让我们绊倒的物体。物体潜藏的危险性并不在计划之内。那些险恶的物体不会参加演出，因为不需要它们参加演出。这些物体的功能不在于扮演险恶的东西，它们就是险恶的。如果

[1]“世界如戏”（Welttheater）：欧洲文学的一个传统母题，即世事纷扰与人生百态都是一出短暂大戏，每个人都必须在里面扮演他注定的角色，直至死亡。在柏拉图、奥古斯丁之后，该母题在巴洛克时期最受青睐。而在德语文学当中，歌德以及霍夫曼斯塔尔都曾受其一定的影响。

我们在这里绊倒，我们是无意中绊倒的。我们服装上面的错误是无意的，我们也许很可笑的面孔也是无意的。那些逗乐你们的口误也不是有意的。如果我们口吃，我们也是在没有明确意图的情况下口吃。我们不能把突然掉下来的手绢说成是表演的一部分。我们并非在表演。我们不能把物体的险恶算成是某个表演的一部分。我们不能修改物体的险恶。我们不能模棱两可。我们不能意义模糊。我们不是小丑。我们不是在斗兽场。你们不是在享受包围者的权力乐趣。你们不是在欣赏背后的滑稽。你们不是在欣赏险恶的物体的滑稽。你们是在欣赏言语的滑稽。

在这里，戏剧的可能性并未得到利用。可能性的范围并没有被充分测量。戏剧并没有被解放。戏剧被束缚了。命运在这里获得了反讽的意思。我们并不是在装腔作势。我们的滑稽并不惊人。你们的笑声并不能让人轻松。我们并不是乐于表演。我们并没有表演什么世界给你们看。这里并不是某个世界的一半。我们并没有构造出两个世界。

你们就是主题。你们处于关注的中心。这里没有什么情节，这里所处理的对象就是你们。这不是文字游戏。在这里，你们并不是被处理成单独的个体。在这里，你们并不是单独的。在这里，你们没有特殊的标记。你们没有特殊的体貌特征。在这里，你们不是个体。你们没有特点。你们没有命运。你们没有历史。你们没有过去。你们不是通缉令。你们没有生活经历。在这里，你们拥有戏剧经历。你们拥有一个确定的东西。你们是观众。你们不是因为你们的特性而激起别人的兴趣。你们是在观众的特性里激起别人的兴趣。在这里，作为观众的你们构成了一个模式。你们不是重要人物。你们不是单数。你们是人的复数。你们的脸孔都指向一个方向。你们被矫正过了。你们的耳朵听着同样的东西。你们是一个事件。你们就是这个事件。

你们被我们仔细打量。但你们并不构成图像。你们并不具有象征意义。你们是一个装饰。你们是一个模式。你们拥有所有这里的人都有的特征。你们具有普遍的特征。你们是一种类型。你们构成一个模式。你们做着同样的事情，而且你们并没有做着同样的事情：你们看着一个方向。你们没有站起来，没有看着不同的方向。你们是一个模式，你们拥有一个模式。你们拥有一个模式的观念，你们带着这个观念来到剧院这里。你们拥有那个模式观念，即我们这里是台上，你们那里是台下。你们拥有两个世界的观念。你们拥有戏剧世界的模式观念。

现在你们不需要这个模式了。你们在这里并不是列席什么戏剧的演出。你们根本不需要列席。你们是中心。你们是焦点。你们将受到鼓舞。你们可以兴奋。你们不需要什么模式。你们就是模式。你们已被发现。你们就是今晚的大发现。你们鼓舞我们。我们的话语因你们而燃烧。从你们那里迸射出火花到我们这里。

这个空间并没有伪装成什么空间。面向你们的这开放的一面并不是某一座房子的第四面墙。这里不需要把世界割裂开来。你们在这里看不到门。你们看到的不是传统戏剧的那两道门。你们看到的不是那个后门，不应被看见的人要通过它溜出去。你们看到的也不是那个前门，通过它进来的人想要看到那个不应被看见的人。这里不存在后门。但是这里也不像现代戏剧那样根本不出现门。一个门的缺失表现的并不是门的不在场。这里并不是另外一个世界。我们并没有假装你们不存在。你们对我们而言并不是空气。你们对我们而言至关重要，因为你们在场。正因为你们在场，我们才对你们说话。如果没有你们的在场，我们就像是对着空气说话。你们的在场并不是以保持缄默为前提的。你们并不是那些以保持缄默为前提的躲在墙后面的偷听者。你们并没有透过钥匙孔窥探。我们并没有自以为这个世界上只剩下我们自己。我们并没有只为了对你们进行启蒙而在彼此面前阐明自己。我们不会为了你们的启蒙而进行浮现型戏剧独白[1]。我们不需要任何艺术概念来启蒙你们。我们不需要任何艺术概念。我们不需要戏剧上的成功。我们没有登台，我们没有退场，我们并没有从侧面对你们说话。我们不会向你们讲述任何东西。我们与你们之间并未开始对话。我们并没有在对话。我们并没有在和你们对话。我们不想和你们进行任何对话。你们不是什么知情人。你们并不是一个剧情的目击证人。我们并没有对你们影射挖苦。你们再也不需要无动于衷。你们再也不需要无所事事地进行观看。这里并没有发生事情。如果你们从一开始就只是准备舒舒服服地坐在黑暗里观看的话，那么你们感受到的则是那些被注视者和被搭讪者的不舒服。你们的

[1] 浮现型戏剧独白（Teichoskopie）：处理较难叙述的事件时使用的一种戏剧手段，即通过一个正在目睹事情发生的演员之口来对整个事件进行侧面描写，就好像正在发生的事情就浮现在演员眼前一样。例如两个演员在台上做散步状，然后一个人会说："你看，那边的花多美呀！"。

存在无时无刻不公开地包含在我们的话语当中。从一个呼吸到另一个呼吸，从一个瞬间到另一个瞬间，从一个词语到另一个词语，你们一直都处于被处理的状态。你们关于戏剧的观念已经不再是我们行动的缄默的前提。你们既不是注定要观看，也不是因为被解除了其他行动而来观看。你们就是主题。你们是核心。你们和我们演对手戏。这一切针对的都是你们。你们是我们话语的靶子。你们充当的就是靶子。这是一个隐喻。你们是充当我们隐喻的靶子。你们充当隐喻。

在这里的两极之中，你们是安静的一极。你们处于安静的状态。你们处在期待的状态。你们在这里不是主体。你们在这里是客体。你们是我们话语的客体。但是你们也是主体。

这里没有停顿。在这里，话语之间的停顿没有任何意义。在这里，那些尚未说出的话语没有任何意义。这里不存在尚未说出的话语。沉默并未说出任何东西。这里没有叫喊的寂静。这里没有寂静的寂静。这里没有死一般的寂静。在这里，通过说话并不产生沉默。这剧本中没有指令要求我们保持沉默。我们说话时不做任何故意的停顿。我们的停顿都是自然的停顿。我们的停顿并不像沉默那样富有说服力。通过沉默我们不会说出任何东西。我们的话语之间并不会出现深渊。我们的话语之间不存在裂缝。你们不可能在句号之间进行阅读。从我们的脸上，你们读不出任何东西。与之相关，我们的手势不会表达任何东西。在这里，通过沉默表达出来的并不是不可说的东西。在这里，不存在富有说服力的目光和手势。在这里，不出声与保持沉默并不是艺术手法。在这里，不存在沉默的字母。这里只存在不发音的字母“h”[1]。这是个噱头。

你们已经做了自己的思考。你们已经认识到，我们在否定一些东西。你们已经认识到，我们在自我重复。你们已经认识到，我们相互矛盾。你们已经认识到，这个剧本是在同戏剧本身进行争论。你们已经认识到这个剧本的辩证结构。你们已经认识到了一定的对立精神。你们已经明白了这个剧本的意图。你们已经认识到，我们主要是在否定。你们已经认识到，我们在自我重复。你们正在认识。你们正在破解。你们还没有做任何思考。你

[1] 在德语里面，在很多元音字母后面都有一个字母“h”，表示这个元音是长音，这里的“h”实际上是一个长音标记符号，它本身并不发音。

们还没有识破这个剧本的辩证结构。现在你们正在破解。对于一个思考而言，你们曾经思考得太慢了。现在你们有了隐藏的想法。

你们看上去很动人。你们看上去很迷人。你们看上去很出色。你们看上去令人窒息。你们看上去无与伦比。

但是你们还没有占据这整个夜晚。你们并不是什么美妙的想法。你们令人疲累。你们并不是什么值得处理的主题。你们是戏剧学上的一个错误概念。你们并不是逼真的。你们在戏剧上并不会产生重要影响。你们并没有将我们移入另一个世界。你们并没有让我们陶醉。你们并没有将我们深深吸引。你们并没有真切地娱乐我们。你们并非喜爱戏剧。你们并不是非常活跃。你们没有戏剧天赋。你们对戏剧缺乏敏感。你们没有什么可说的。你们的首演并不成功。你们的表现并不到位。你们没有让我们把时间遗忘。你们并没有令人满意。你们并未打动我们。

这不是戏剧。这里并没有什么发生过的情节可以重复。这里存在的只有现在，现在，还是现在。这并不是法院在做“现场调查”，让曾经确实发生过的案情得以重复。在这里，时间并不重要。我们并不表演情节，所以我们并不表演时间。在这里，在从一个单词滑向另一个单词的时候，时间会流逝，这时的时间才是确实的。在这里，时间在话语中消逝。在这里，并不存在一种假设，即时间是可以被重复的。在这里，没有戏剧可以被重复，并可以在相同的时刻又像从前一样上演。在这里，时间指的就是你们的时间。在这里，时期指的就是你们的时期。在这里，你们可以把时间与我们的时间作比较。在这里，时间并不是一段两头截断的绳索。这并不是什么现场调查。在这里，并不存在一种假设，即时间是可以被重复的。在这里，通向你们的时间的脐带还没有被剪断。在这里，时间来自于戏剧。在这里，我们对待时间是严肃的。在这里，我们承认，在从一个单词滑向另一个单词的时候，时间会流逝。在这里，你们可以从你们的表上看到时间。在这里，不存在其他的时间。在这里，时间就是统治者，它是根据你们的呼吸来测算的。在这里，时间取决于你们。我们根据你们的呼吸，根据你们睫毛的眨动，根据你们的脉搏，根据你们细胞的生长来测量时间。在这里，时间是从一个瞬间消逝向另一个瞬间。时间将根据瞬间而得到测量。时间将根据你们的瞬间而得到测量。时间将通过你们的胃而产生。在这里，时间并不像戏剧演出中的现场调查那样可以被重复。这并不是演出：你们不需要去设想任何东西。在这里，时间并不是一段两头截断的绳索。在这里，时间并没有与外部的世界割裂开来。在这里，并不存在两个层次的时间。在这里，并不存在两个不同的世界。我们在这里的同时，地球在转动。我们台上的时间就是你们台下的时间。在从一个单词滑向另一个单词的时候，时间会流逝。时光在流逝，就在我们，包括我们和你们，呼吸的时候，就在我们的头发生长的时候，就在我们排汗的时候，就在我们嗅闻的时候，就在我们倾听的时候。它是不可重复的，即使我们可以重复我们的话语，即使我们可以再一次说，你们的时间就是你们的时间；在从一个单词滑向另一个单词的时候，时间会流逝，就在我们，包括我们和你们，呼吸的时候，就在我们的头发生长的时候，就在我们排汗的时候，就在我们嗅闻的时候，就在我们倾听的时候。我们也可以什么也不重复，时间照样流逝。它是不可重复的。每一个瞬间都是历史性的。每一个你们的瞬间都是历史性的瞬间。我们不可能将我们的话语说出两次。这并不是什么现场调查。我们不可能重复做一次同样的事情。我们不可能重复同样的手势。我们不可能谈论同样的事情。时间就在我们的唇间流逝。时间是不可重复的。时间并不是绳索。这并不是什么现场调查。逝去者不会被变成当下。过去已经死亡，且被掩埋。我们不需要什么木偶来扮演已死的时间。这不是木偶戏。这并不是不严肃的行为。这并不是喜剧。这并不是严肃。你们正在认识到矛盾。在这里，时间的作用就是文字游戏。

这不是什么演习。这不是为了应对紧急情况而做的练习。在这里，没有人需要去装死。在这里，也没有人需要去装活。在这里，没有任何东西是编排好的。伤员的数量也不是规定好的。整个事件并没有白纸黑字地确定下来。在这里，并没有所谓的事件。没有人需要在这里去假装什么。除了我们自身以外，我们没有其他任何东西可以表演。在我们身上，我们也没有其他的状态可以表演，除了我们此时此刻的状态。这不是什么演习。我们不会在其他的情况下扮演我们自己。这里并没有考虑到任何紧急情况。我们不需要去表演我们的死亡。我们不需要去表演我们的生存。我们也不会去预先表演，我们将会变成什么或者变得怎样。我们不会在表演中再现未来。我们不会展现其他的时间。我们不会表演紧急的情况。

我们说话的同时，时间在流逝。于是我们说，时间在流逝。我们在谈论时间的流逝。我们不会装模作样。我们既不会装作好像我们可以重复时间的样子，也不会装作好像我们可以预测时间的样子。这既不是什么现场调查，也不是什么演习。但是从另一方面来说，我们也是在装模作样。我们装作可以重复我们的话语的样子。我们似乎在重复自我。这里是假象的世界。在这里，假象就是假象。假象在这里还是假象。

你们就是某个东西。你们就是某个人。在这里，你们是某个东西。在这里，你们不是某个人，而是某个东西。你们是一个团体，在形成一定的秩序。你们是一个戏剧团体。凭借你们衣服的特点，凭借你们身体的姿态，凭借你们目光的方向，你们成为一种秩序。你们衣服的颜色并未与座位的颜色相冲突。你们与座位也构成了一种秩序。在这里，你们是化过装的。通过你们的服装，你们注意到一种秩序。你们化装。你们要通过化装表明，你们在做一些不寻常的事情。你们搞了一个化装舞会，就是要参加化装舞会。你们出席。你们观看。你们目不转睛。你们因为观看而变得僵化。而座位促进了这一过程。你们是某种正在观看的东西。你们需要为你们的眼睛找到位置。如果大幕还没有拉开，你们就会逐渐患上幽闭空间恐惧症。你们的目光还没有焦点。你们感觉自己被包围了。你们感觉自己很受拘束。只有徐徐拉起的大幕才能驱散这种恐惧。所以大幕一拉起，你们就轻松下来了。你们可以观看了。你们的目光没有了阻碍。你们变得不再拘束。你们可以出席。你们不再像大幕紧闭时那样被困在中间。你们不再是某个人。你们变成了某个东西。你们不再孤单。你们不再孤立。你们只是还在这里。你们是观众。这一点让你们很放松。你们可以出席了。

在这里台上并不存在什么秩序。并不存在什么能够向你们展现一种秩序的东西。这里的世界既不是完好无损的，也不是四分五裂的。这里不是什么世界。这里没有道具的位置。道具在舞台上的位置并没有被设定好。因为位置没有被设定好，所以这里台上并不存在什么秩序。这里并没有用粉笔标出东西摆放的位置。也不存在什么可以帮助记住人物站立位置的东西。与你们及你们的座位相反，台上不存在任何东西在属于它的位置上。台下你们的座位都有固定的位置，而与之相反，这里所有的东西都没有确定的地点。这舞台并不是世界，正如世界并不是舞台。

在这里，也并不是所有的东西都有自己的时间。这里没有任何东西拥有自己的时间。在这里，没有任何东西拥有确定的时间去充当道具，或者必须去充当障碍物。在这里，东西并不会被使用。在这里，并没有假装出物体要被使用的样子。在这里，物体是有用的。

你们没有站着。你们在使用你们的座椅。你们坐着。因为你们的座椅构成了一个模式，所以你们也构成了一个模式。这里不存在站票。在艺术享受方面，人坐着要比人站着来得更有效果。所以你们坐着。当你们坐着的时候，你们会更加友好。你们会更容易受到影响。你们会更加开通。你们会更有耐心。坐着的时候，你们更为镇定。你们更为民主。更少地感到无聊。时间对你们而言也不那么漫长。你们会更多地容忍事情发生在自己身上。你们的眼光会更加犀利。你们的注意力也不那么容易被分散。你们更愿意忘记你们的周遭。你们周围的世界也更像是不复存在。你们变得彼此相似。你们失去了你们的特点。你们失去了彼此得以区别的特征。你们成了一个统一体。你们成了一个模式。你们变为了一体。你们失去了自我意识。你们变成了观众。你们变成了听众。你们变得无动于衷。你们变成了眼睛和耳朵。你们忘记了看表。你们忘记了自我。

在站着的时候，你们可以更好地发挥起哄者的作用。根据人体解剖学的原理，你们的呼喊在站立的时候会更有力量。你们可以更好地攥紧拳头。你们可以表现你们的对立精神。你们会拥有更大的活动自由。你们的举止必须再狂放一点。你们可以跷起二郎腿。你们可以对自己的身体变得更加了解。你们的艺术享受会受到削弱。你们不会再形成一个模式。你们会丧失你们的僵化状态。你们会失去你们的几何形体。你们会闻到更多你们周围身体所散发出的气味。你们可以更多地通过身体接触来表达你们相同的见解。在站立的时候，身体的惰性将无法阻止你们迈开脚步。在站立的时候，你们会变得更加独特。你们会更加坚定地反抗戏剧。你们不会那么容易给自己制造幻象。你们会给自己制造更多的幻象。你们会更多地表现出意念飘忽等躁狂症的迹象。你们会更加地局外化。你们可以更多地沉浸在自我的世界中。你们不会那么轻易地将出色的表演过程想像成真实的事情。对你们而言，这里的过程并不怎么贴近事实。在站着的时候，你们不会那么容易将舞台上出色的死亡表演想像成事实。你们不会那么容易僵化。你们不会那么容易被吸引。你们不会那么容易受骗上当。你们不会容忍自己单纯作为看客的特点。你们的内心可以更加分裂。你们及你们的思想可以同时出现在两个不同的地方。你们似乎可以生活在两个不同的时期。

我们不想感染你们。我们不想感染你们去公开自己的感觉。我们并不表演感觉。我们也并不扮演感觉。我们不笑，我们不哭。我们不想用笑来感染你们去笑，不想用笑感染你们去哭，不想用哭感染你们去笑，也不想用哭感染你们去哭。尽管笑要比哭更有感染力，但是我们并不会用笑感染你们去笑。诸如此类。我们并不表演。我们并不表演任何东西。我们不会改变音调。我们不会做手势。我们只通过言语来表达意见。我们只说话。我们表达。我们表达的不是自己的意见，而是作者的意见。我们通过说话来表达自己的意见。我们的话语就是我们的行动。我们通过说话进行戏剧表演。我们进行戏剧表演，因为我们在一个剧场里面说话。我们一直在对你们说话，我们在对你们谈论时间，谈论现在、现在、还是现在，通过上述举动，我们注意到了时间、地点与情节的统一性。我们注意到，这种统一性并不仅仅存在于这里的舞台上。因为舞台并不是一个自为的世界，我们也在台下的你们那里注意到了这种统一性。我们在不间断地直接对你们说话，我们也借此与你们构成了一个整体。所以在一定的前提下，我们也可以不称呼你们为你们，而是说我们。这意味着情节的统一性。上面这里的舞台与下面那里的观众席不再是两个层次，所以它们构成了一个整体。这里不存在什么辐射带。这里不存在两个地点。这里只有一个地点。这意味着地点的统一性。你们的时间，即观众与听众的时间，与我们的时间，即说话者的时间，构成了一个整体，因为在我们这里慢慢流逝的时间就是你们的时间。在这里，不存在什么被表演时间与表演时间的二分法。在这里，时间不会被表演。在这里，只存在实际的时间。在这里，存在的时间只有那种我们，包括你们和我们，在自己的身体上感知到的时间。在这里，只存在有一种时间。这意味着时间的统一性。上述三种情况合起来就意味着时间、地点与情节的统一性。所以这出戏是古典主义的。

通过我们对你们说话，你们可以更好地了解你们自己。我们与你们攀谈，你们因此提高了自我意识。你们意识到自己是坐着的。你们意识到自己坐在一个剧场里面。你们对你们的四肢有了意识。你们对你们四肢的位置有了意识。你们对你们的手指有了意识。你们对你们的舌头有了意识。你们对你们的喉咙有了意识。你们对你们头部的重量有了意识。你们对你们的性器官有了意识。你们对你们眼睑的颤动有了意识。你们对你们的吞咽动作有了意识。你们对你们唾液的流淌有了意识。你们对你们的心跳有了意识。你们对你们扬起的眉毛有了意识。你们对你们发痒的头皮有了意识。你们对引起发痒的刺激有了意识。你们对你们腋下的汗腺分泌有了意识。你们对手心出汗有了意识。你们对手掌的干燥有了意识。你们对口鼻的呼吸有了意识。你们对我们的话语进入你们的耳朵有了意识。你们变得很机智。

请你们试着不让睫毛颤动。请你们试着不再去吞咽。请你们试着不再去活动舌头。请你们试着不再去听。请你们试着不再去闻。请你们试着不再去积蓄口水。请你们试着不再流汗。请你们试着在座位上不再去活动。请你们试着不再去呼吸。

你们的确在呼吸。你们的确在积蓄口水。你们的确在倾听。你们的确在嗅闻。你们的确在吞咽。你们的确在让睫毛颤动。你们的确在打嗝。你们的确在流汗。你们的确拥有很强的自我意识。

请你们不要眨眼。请你们不要积蓄口水。请你们不要让睫毛颤动。请你们不要吸气。请你们不要呼气。请你们在座位上不要活动。请你们不要倾听我们。请你们不要嗅闻。请你们不要吞咽。请你们屏住呼吸。

请你们吞咽。请你们积蓄口水。请你们眨眼。请你们倾听。请你们呼吸。

你们现在已经对你们的现状有了意识。你们知道，你们在这里所度过的时间是你们的时间。你们是主题。你们打这个结。你们解这个结。你们是中心。你们是理由。你们是原因。你们是一触即发的时刻。你们在这里充当言语。你们是核心。你们与我们演对手戏。你们是年轻的丑角，你们是年轻的情人，你们是天真的少女，你们是感伤的少女。你们是宫廷贵妇。你们是性格演员，你们是花花公子和英雄。你们是英雄和恶棍。你们是这出戏里面的恶棍与英雄。

在你们进来之前，你们已经采取了一定的预防措施。你们是带着一定的先入之见来到这里的。你们来看戏。你们已经准备好了来看戏。你们曾经抱有一定的期待。你们在事先就已经有了一些想法。你们曾经设想过一些东西。你们已经做好了针对某些东西的准备。你们已经做好准备去参加某个活动。你们已经做好了就座的准备，做好了坐在租来的座位上的准备，做好了出席的准备。你们也许已经听说了关于这场戏的事情。所以你们已经采取了预防措施，并且做好了针对某些东西的准备。你们准备静候事情的发展。你们已经做好了就座和容忍某些东西的准备。

你们的呼吸曾经与我们的呼吸不同。你们曾经用各种不同的方式梳洗打扮。你们曾经用各种不同的方式出发。你们曾经从各种不同的方向朝这里靠近。你们使用了公共交通工具。你们步行。你们使用了属于自己的交通工具。而在此之前，你们还看了看表，你们还等过电话，你们还拿起了听筒，你们还开了灯，你们还关了灯，你们还锁了门，你们还拧上了钥匙，你们还出了门。你们迈开了双腿。你们在走路的时候还摆动了双臂。你们走了。你们这里所有的人从各种不同的方向走向了同一个方向。凭借着你们辨识方位的能力，你们找到了通往这里的道路。

你们因为你们的意图而与那些去往其他地方的人相区别。你们因为你们的意图而与那些去往其他地方的人相区别。你们因为你们的意图而与那些同样前往这里的人们构成了一个整体。你们已经拥有了那个相同的目标。你们将在一定的时间之内与其他人一起拥有一个共同的未来。

你们穿越了各种车道。你们看向左边，又看向右边。你们注意到了交通标志。你们向其他人点头致意。你们停下来。你们告诉了别人你们要去的目的地。你们讲述了你们的期待。你们说出了你们对这出戏的猜测。你们表达了你们对这出戏的意见。你们也从别人那里获知了关于这出戏的意见。你们握了手。你们从别人那里得到了愉快的祝愿。你们蹭干净了鞋。你们帮别人撑着门。别人帮你们撑着门。你们遇到了其他的观众。你们有了一种自己是知情者的感觉。你们注意到了礼貌规则。你们帮别人脱去大衣。别人帮你们脱去大衣。你们悠闲地站着。你们悠闲地走动。你们听到了开演的信号铃声。你们变得不安起来。你们照了照镜子。你们又去光顾了一下厕所。你们向周围瞥去。你们注意到了别人瞥来的目光。你们去了。你们缓缓而行。你们的行动变得更加拘谨。你们听到了信号铃声。你们看了看表。你们成了阴谋策划者。你们坐了下来。你们打量了一下四周。你们用很舒服的姿势坐着。你们听到了信号铃声。你们停止了闲聊。你们调整了目光。你们扬起了头。你们喘了口气。你们看见灯光逐渐减弱。你们变得鸦雀无声。你们听见了大门关上的声音。你们凝视着大幕。你们等待着。你们变得呆板起来。你们变得一动不动。作为补偿，大幕开始徐徐上升。你们听到了拖曳大幕的声音。然后你们的视野变得开阔起来。所有的一切还是和原来一样。你们的期望并没有变成失望。你们已经准备好了。你们向座椅上靠去。演出可以开始了。

你们以往也是这样准备好的。你们曾经步调一致。你们曾经靠在座椅上。你们曾经尽情感知。你们曾经领会着。你们曾经关注着。你们曾经容忍事情发生。你们曾经容忍台上发生一些早就已经发生的事情。你们曾经观看着过去，这过去却伪装成一种“现在”出现在对白和独白当中。你们曾经让人将你们带到了已经完结的事实面前。你们曾经被深深地吸引。你们曾经被迷住。你们曾经忘记了身在何处。你们曾经遗忘了时间。你们曾经变得呆板，并且保持着呆板的状态。你们曾经一动不动。你们没有采取任何行动。你们甚至都没有走到前面，以便能看得更清楚。你们没有顺从自然的动力。你们曾经观看，就像看着一道早在你们看它之前就已经产生的光线。你们曾经望着一个死气沉沉的空间。你们曾经望着空间的死角。你们曾经经历着一个毫无价值的时间。你们曾经倾听着一种毫无价值的语言。你们曾经亲身处在一个死气沉沉的空间和一个毫无价值的时间之内。那里没有风。没有一丝微风吹拂。你们动也不动。你们呆坐在那里。你们与我们之间的距离无限大。我们距离你们无限远。我们在距离你们无限远的地方活动。我们曾在你们无限远的前方生活。我们以前一直都生活在这个舞台上。你们与我们的目光在无限远的地方交会。我们之间是一个无穷的空间。我们曾经表演。但是我们不曾与你们一起表演。在这里，你们一直都曾是后世的人。

过去，这里曾经有表演。这里曾经表演过意义。这里曾经表演过有含义的胡扯。这里的戏剧曾经有一个背景和一个基础。这些戏剧是双层的。它们并不是它们的本体。它们并不是它们的表象。在它们的背后还另有东西。这些事物与情节看似存在，但是实际上并不存在。它们看似它们所表现出来的样子，但是实际上它们是另外的样子。它们似乎并不像在一部纯粹的戏剧里面那样只具有表象，它们似乎存在。它们似乎就是事实。过去，这里的戏剧并不是用来消磨时光的消遣，或者说它们并不仅仅只是用来消磨时光的消遣。它们是重要的意义。它们并不像纯粹的戏剧那样里面没有时间，而是有一个虚构的时间在其中流逝。许多戏剧身上明显的无意义恰恰显示出其隐藏的意义。甚至小丑的玩笑在这个舞台上面也具有更为深刻的含义。总是存在着一个潜藏的埋伏。总是有一些东西潜伏在言语、手势和道具之间，想要向你们暗示些什么。总是有一些东西模棱两可，意义暧昧不明。总是有一些东西出现。在戏剧中发生着一些据说应当被你们想像成真实的事情。总是有故事发生。有一种做作的、虚构的时间在其中出现。你们看到和听到的东西，据说并不应当仅仅只是你们所看到和听到的东西。它们应当是你们所看不到和听不到的东西。过去，一切事物都有所指。一切事物都有所表露。就连那些宣称不会透露任何东西的事物，也会表露出一些东西，因为凡是发生在这个舞台上的事情都会表露出一些东西。所有假扮出来的东西都在披露一些真实的东西。表演的目的不是戏剧，而是真实。据说你们应当去发现隐藏在戏剧后面的那个假扮出来的真实。你们应该听出一些言外之意。过去，上演的并不是一出戏剧，而是一种真实。时间是表演出来的。因为时间是表演出来的，所以现实也是表演出来的。剧院曾扮演过法庭。剧院曾扮演过竞技场。剧院曾扮演过道德机构。剧院曾扮演过梦想。剧院曾扮演过宗教仪式。剧院曾扮演过一面为你们而设的镜子。戏剧要超越戏剧。戏剧要影射现实。戏剧变得不再纯粹。戏剧表示意义。时间原本不应被纳入其中，但实际上，一种虚构的、无效的时间却在戏剧中发生了。一种虚构的现实也因这虚构的时间而发生。这现实并不存在，人家只是暗示给你们，这现实已经发生。这里发生的既不是现实，也不是戏剧。如果从前能有一种纯粹的戏剧上演的话，人们本来可以将时间忽视掉。在一部纯粹的戏剧当中，时间并不存在。但是由于有一种现实是表演出来的，所以从属于该现实的时间也只是表演出来的。如果从前这里有一部纯粹的戏剧上演的话，那么能够存在于此的也只有观众的时间。但是，由于现实在过去是存在于这里的戏剧之中的，所以此处总是存在有两个时间，即你们的时间（观众的时间）和表演出来的时间，后者看起来好像是真正的时间。但是时间是无法被表演出来的。时间也是无法在任何戏剧中被重复的。时间是一去不复返的。时间是不可抗拒的。时间是不可表演的。时间是真实的。它不可能被假扮成真实。由于时间不可能被表演出来，所以现实也不可能被表演出来。只有那种没有时间介入的戏剧才是戏剧。而那种有时间介入的戏剧不是戏剧。只有无时间的戏剧才没有意义。只有无时间的戏剧才是安分守己的。只有无时间的戏剧才不需要去表演时间。只有对无时间的戏剧而言，时间才没有意义。其他所有的戏剧都是不纯粹的戏剧。真正的戏剧或者是那些里面没有时间的戏剧，或者是那些里面的时间就是真正的时间的戏剧，就如同一场足球比赛的九十分钟一样。在球赛里面，也同样只存在一个时间，因为球员的时间也就是观众的时间。其他所有的戏剧都是伪戏剧。其他所有的戏剧都是在你们面前捏造事实。而一部无时间的戏剧是不会反映任何事实的。

我们现在也可以给你们来一段幕间表演。我们可以将一些此时此刻发生在这剧场之外的事情展示给你们看，它们就发生在我们说着这些话语的时候，就在你们吞咽的时候，就在你们的睫毛颤动的时候。我们可以让具体的统计数据形象化。我们可以展现，有哪些事情根据实时统计而发生在你们坐在这里的同时。通过我们的展示，我们可以使这些事情就发生在你们面前。我们可以让你们进一步了解这些事情。我们不需要去展现任何过去的事情。我们可以演出一部纯粹的戏剧。例如，我们可以展现根据实时统计而在这个现在和下个现在正在发生的某个死亡过程。我们可以很慷慨激昂。我们可以宣称死亡就是时间的激情，而时间正是我们一直在谈论的东西。死亡可以是真正时间的激情，这真正的时间也就是被你们闲坐于此所虚度的光阴。至少这样的一个幕间表演可以将这出戏推向一个戏剧的高潮。

但是，我们并不会向你们展示任何东西。我们不会模仿任何东西。我们不会展现任何其他的人或事物，即使他们能够为统计数据所证实。我们也放弃了表情和手势的表演。在这里不存在情节中的人物，所以也就不存在所谓的演员。情节并不是随便虚构好的，因为根本就没有情节。因为没有情节，所以也就不可能有偶然事件。与苟活者、将死者及已逝者之间的相似性并不是偶然的，而是不可能的。因为我们不会展现任何东西，我们就是我们存在的样子，除此之外什么也不是。我们甚至不会去表演我们自己。我们只说话。在这里，没有任何东西是虚构的。没有任何东西是模仿出来的。没有任何东西是事实。没有任何东西与你们的想像力发生关联。

由于我们并不表演，我们的行为也没有表演性，所以这出戏一半是滑稽的，一半是悲惨的。由于我们只说话，而没有从时间中脱离出来，所以我们不会为你们描绘和展示任何东西。我们不会让任何东西形象化。我们不会去重提什么过去。我们不会去深究什么过去。我们深究的也不是什么现在。我们不会预先处理什么未来。在现在、过去和将来，我们都谈论时间。

所以，比方说，我们也不可能去展现那个在现在和现在这个现在正在发生的死亡过程：我们不可能展示那个在现在和现在这个现在正在发生的大口喘气，不可能展示现在发生的踉跄和跌倒、痉挛、露出牙齿、临终遗言、根据实时统计而在这一秒钟和现在这一秒钟发生的叹息、最后的呼气、在现在和现在这个现在正在发生的最后的射精，我们不可能展现根据实时统计而在现在和现在这个现在，还有现在这个现在，现在这个现在，现在这个现在等等，出现的呼吸停止，我们不可能展示现在的静止状态、可以被实时统计到的僵直状态和现在非常安详的躺卧状态。我们不可能展现它们。我们只能谈论它们。我们现在正在谈论它们。

由于我们只是在说话，而且我们并没有谈论任何杜撰的事情，所以我们不可能模棱两可和制造歧义。由于我们不会表演任何东西，所以在戏剧中也就不存在两个或多个层次，也不会出现剧中剧的情况。由于我们并不做戏剧动作，也不会给你们讲述和展现任何东西，所以我们不可能富有诗意。由于我们只是在对你们说话，所以我们失去了朦胧的诗意。例如，我们也不可能通过上一段所提到的那些临终的动作和表情，同样来展示一个根据实时统计而在现在和现在这个现在正在发生着的性交行为的动作和表情。我们不可能模棱两可。我们不可能在一个双层的地面上表演。我们不可能在全人类中突出我们自己。我们不需要富有诗意。我们不需要去催眠你们。我们不需要向你们虚构任何东西。我们不需要制造假象。我们不需要第二种天性。这不是催眠术。你们不需要去想像任何东西。你们不需要睁着眼睛做梦。你们不能因为自己梦的非逻辑性而借助于舞台的逻辑。你们梦的非可能性不需要限定在舞台的可能性上。你们梦的荒诞性不需要服从于舞台的现实法则。所以我们既不展现梦，也不展现现实。我们不会控诉，既不会为了生活，也不会为了死亡；既不会为了社会，也不会为了个人；既不会为了自然，也不会为了超自然；既不会为了喜悦，也不会为了悲伤；既不会为了现实，也不会为了戏剧。时间唤不起我们的哀歌。

这出戏是一个引子。它不是另外某一部戏的引子，而是有关你们所作所为的引子，包括你们曾经做过的、现在正在做的以及将来要做的事情。你们是主题。这出戏就是关于主题的引子。它是关于你们风俗习惯的引子。它是关于你们行动的引子。它是关于你们闲散的引子。它是关于你们卧、坐、立、行的引子。它是关于你们生活中的嬉戏与严肃的引子。它也是关于你们未来看戏活动的引子。它也是关于所有其他引子的引子。这出戏表现的就是“世界如戏”。

你们很快就会活动起来。你们会做好准备。你们会做好鼓掌的准备。你们不会做好鼓掌的准备。如果你们要做好第一次拍手的准备的话，你们就会一只手去拍另一只手，也就是说，你们会用一个手心去拍另一个手心，同时不断迅速地重复这一动作。你们同时也可能会观看到你们拍击或者不拍击的手掌。你们会听到你们以及你们周围人鼓掌的声响，同时你们也会看到你们旁边以及前面的人因为鼓掌而来回摆动的手掌，或者你们会听不到预期中的掌声，看不到来回摆动的手掌。相反，你们会听到其他的声响或者亲自制造其他的声响。你们会准备起立。你们会听到背后的座椅向上翻起的声音。你们会看到我们鞠躬致意。你们会看到大幕闭合。你们可能会以为这一过程中大幕的声响命名。你们会把节目单放入口袋。你们会交换眼神。你们会相互交谈。你们会准备回去。你们会作出评论并且倾听评论。你们会隐瞒评论。你们会意味深长地微笑。你们会毫无意义地微笑。你们会有秩序地挤进剧院的前厅。你们会出示衣帽间的寄存凭条。你们会悠闲地站着。你们会照镜子。你们会互相帮对方穿上大衣。你们会相互为对方撑着门。你们会彼此告别。你们会陪伴别人。你们会被陪伴。你们会走到剧场。你们会返回到日常生活。你们会向各种不同的方向走去。如果你们待在一起，你们会组成一个戏剧团体。你们会去寻找饭馆。你们会考虑明天的事情。你们会逐渐找到返回现实的道路。你们可能会再次称其为残酷的现实。你们会清醒过来。你们会再次过上各自的生活。你们会不再是一个整体。你们会从同一个地点向各种不同的地点走去。

但是，在此之前，你们会挨骂。

你们会挨骂，因为骂也是一种与你们交谈的方式。我们通过骂而变得直接。我们可以让火花迸射出去。我们可以摧毁这个剧场。我们可以拆掉一面墙。我们可以关注你们。

由于我们骂你们，所以你们将不会再倾听我们。你们细听我们。我们之间的距离将不再是无限大。由于你们挨骂，所以你们的静止与呆滞状态将终于显得很合时宜。但是我们并不会骂你们，我们现在会使用你们所使用的骂人话。我们会在骂人话里自相矛盾。我们将不会专门针对任何人。我们只是制造一个音响形象。你们不需要感到震惊和屈辱。因为你们事先得到了警告，所以你们可以很超脱地面对骂詈。因为用“你”这个词就已经表现出了一定的骂詈含义，所以我们将可以相互称呼“你”。你们是我们骂詈的主题。你们将细听我们，你们这些傻货。

你们已经让不可能的事情变成了可能。你们是这出戏的英雄。你们的动作很简洁。你们把你们的人物形象塑造得很鲜活立体。你们奉献了令人难忘的场面。你们并没有扮演你们的角色，你们就是它们。你们非比寻常。你们是今晚的最大发现。你们在生活中实践了你们的角色。你们是成功的最大功臣。你们挽救了这部戏。你们很具观赏性。人们一定要来观看你们，你们这些只配舔鼻涕的饭桶。

你们一直都在场。在这出戏里，你们就是尽最大的努力也于事无补。你们只是提词的人。在你们身上，最大的作用是通过省略你们而产生的。通过沉默你们说出了一切，你们这些自以为是的家伙。

你们是纯种的演员。你们的开始孕育着希望。你们很逼真。你们很贴近现实。你们吸引了所有的人。你们的表演胜过了所有的人。你们表现出了高度的表演技巧，你们这些骗子，你们这些矮子，你们这些不要脸的家伙。

你们的嘴唇没有发错任何一个音。你们总是掌控整个场面。你们的表演具有罕见的高贵。你们的面容异常的妩媚。你们是最强的演员阵容。你们是最理想的演出阵容。你们无与伦比。你们的神情令人难忘。你们的滑稽令人捧腹。你们的悲剧表演具有古希腊的高度。你们天赋异禀，才华横溢，你们这些牢骚鬼，你们这些废物，你们这些任人摆布的工具，你们这些社会的渣滓。

你们像一个模子铸造出来的。你们今天拥有美好的一天。你们默契得令人不可思议。你们来源于生活，你们这些蠢蛋，你们这些粗野的家伙，你们这些不信神的玩意儿，你们这些瘪三，你们这些下流胚。

你们为我们展示了全新的视角。你们在这出戏里表现出色。你们已经超越了自我。你们逐渐找对了状态。你们感觉很敏锐，你们这些缺乏个性的群氓，你们这些西方文化的掘墓人，你们这些害群之马，你们这些涂满石灰的坟墓，你们这些魔王崽子，你们这些恶棍，你们这些该枪毙的东西。

你们是无价之宝。你们是飓风。你们让我们不寒而栗。你们刮走了一切，你们这些集中营的强盗，你们这些无赖，你们这些犟驴，你们这些战争贩子，你们这些贱民，你们这些野蛮人，你们这些衣冠禽兽，你们这些纳粹猪。

你们是恰当的人选。你们令人窒息。你们没有辜负我们的期望。你们是天生的演员。你们的血液里流淌的就是对表演的喜爱，你们这些屠夫，你们这些精神病，你们这些随大流的家伙，你们这些反动派，你们这些没有个性的东西，你们这些纨绔子弟，你们这些坏蛋，你们这些异类分子，你们这些随便改变信念的流氓。

你们证明了一种很好的换气技巧，你们这些牛皮大王，你们这些沙文主义者，你们这些犹太资本家，你们这些丑恶的嘴脸，你们这些跳梁小丑，你们这些下等人，你们这些乳臭未干的小崽子，你们这些暗箭伤人的小人，你们这些失败者，你们这些马屁精，你们这些胆小鬼，你们这些废人，你们这些贱货，你们这些千足虫，你们这些多余的东西，你们这些无用的生命，你们这些讨厌鬼，你们这些活宝，你们这些不值一提的废品。

你们是风格独特的演员，你们这些只知道张着嘴巴傻看着的蠢货，你们这些没有祖国的家伙，你们这些伪革命者，你们这些落后分子，你们这些家丑外扬的叛徒，你们这些内心流亡者，你们这些悲观论者，你们这些修正主义者，你们这些复仇主义者，你们这些军国主义者，你们这些和平主义者，你们这些法西斯，你们这些唯理智论者，你们这些虚无主义者，你们这些个人主义者，你们这些集体主义者，你们这些政治上的幼稚派，你们这些喜欢滋事的流氓，你们这些哗众取宠的家伙，你们这些反民主主义者，你们这些自怨自艾者，你们这些乞求掌声的厚脸皮，你们这些老掉牙的怪物，你们这些雇来捧场的，你们这些拉帮结派的，你们这些乌合之众，你们这些猪食，你们这些吝啬鬼，你们这些穷光蛋，你们这些爱生气的讨厌鬼，你们这些趋炎附势的小人，你们这些内心贫乏的可怜虫，你们这些爱摆阔的家伙，你们这些微不足道的家伙，你们这些无名小卒。

哦，你们这些癌症病人，哦，你们这些结核病菌散播者，哦，你们这些多发性硬化病人，哦，你们这些梅毒病人，哦，你们这些心脏病人，哦，你们这些肝肿大的家伙，哦，你们这些水肿病人，哦，你们这些中风的家伙，哦，你们这些死亡因子携带者，哦，你们这些自杀的候选者，哦，你们这些潜在的死于和平的人，哦，你们这些潜在的死于战争的人，哦，你们这些潜在的死于事故的人，哦，你们这些潜在的死人。

你们是艺术珍品。你们是性格演员。你们是人类演员。你们是“世界如戏”的演员。你们是乡间的寂静。你们是上帝的暴徒。你们是永恒的崇拜者。你们是无神论者。你们是书籍的简装本。你们是供转印的图画。你们是戏剧历史上的里程碑。你们是不知不觉中恶化的瘟疫。你们是不死的灵魂。你们并不精通这个世界的人情世故。你们对世界发生的一切都抱有浓厚的兴趣。你们是正面的英雄。你们这些堕胎的家伙。你们是反面的英雄。你们是日常生活的英雄。你们是学术权威。你们这些痴呆的贵族。你们这些堕落的市民。你们这些知识阶层。你们是我们时代的人类。你们是荒漠中的呼喊者。你们是末日的圣徒。你们是这个世界的孩子。你们这些可怜虫。你们是历史性的时刻。你们这些世俗与宗教的高官。你们是穷鬼。你们是领袖。你们是企业家。你们是红衣主教。你们是大使阁下。你是教皇陛下。你们是王子与公主殿下。你们是伯爵大人。你们是执政的君王。你们是斤斤计较的小气鬼。你们是喜欢随声附和而且总是拒绝别人的人。你们是总是拒绝别人的人。你们是未来的建筑师。你们是一个更好的世界的担保人。你们这些黑帮分子。你们这些饕餮。你们这些自以为是的家伙。你们这些自作聪明的东西。你们这些乐天派。你们这些女士、先生，你们这些公众和文化生活的名人，你们这些在场的人，你们这些兄弟姐妹，你们这些同志，你们这些宝贵的听众们，你们这些同在一起的人们。

我们曾经欢迎过大家。现在我们感谢大家。晚安。

大幕马上落下。但是大幕并没有闭合，而是不管观众们的行为如何，马上又升起来。四位说话者站在那里，看向观众，但是没有特别注视某个人。扬声器播放雷鸣般的掌声和狂野的口哨声向观众们致意，同时也许还可以通过扬声器将一个爵士乐队演唱会中的观众反应播放出来。震耳欲聋的尖叫和嘶吼要一直持续到观众离开。然后大幕才最终落下。

（1966 年）

卡斯帕

付天海 译

剧本《卡斯帕》表现的不是卡斯帕·豪泽现在发生什么，或者过去发生什么，而是一个人可能会发生什么。它要展示的是，一个人如何通过说话而学会说话。它也可被称为《说话刑讯》。为了形象系统地再现这种刑讯，建议演出剧院要为所有观众特别醒目地，比如在舞前台沿上方，安装一种魔幻眼睛。这种眼睛当然不能分散观众对舞台上发生的事件的注意力，而是不断通过吃惊显示向剧本主人公发难的各种声音的音量。受讯者越是拒绝，发问的声音就越强烈，这个魔幻眼睛也就越吃惊（当然也可以使用一种不断跳动的指针，就像在显示力量大小时常用的那种）。那些向主人公发问的各种声音尽管在内容上始终简单易懂，但其说话方式应是在不同技术媒介之间的来回切换：电话听筒里传出的声音、广播及电视播音员的声音、电话里的报时声、自动答录机发出的声音（请大家等待的列车信息）、足球评论员的说话方式、体育馆现场解说员的声音、美国可爱的动画片里的配音、列车到达和出发的播报声、采访记者的声音、体操课女教师以其动作演示的说话方式符合体操动作进程的口令声、语言课程上播放的录音、集会上透过扩音器传出的警察声音，等等——所有这些说话方式都可用于舞台台词，自然目的只是一个，那就是通过这样的说话方式清楚地表现所说的内容有意义或无意义。观众无须辨别听到的是什么样的说话方式。那些微缩情景应同时被放大投射到舞台背面。

卡斯帕不同于一个插科打诨的小丑。从登台亮相的那一刻起，他就更像是弗兰肯斯坦创造的怪物（或是传说中骷髅岛上的猩猩金刚）。

舞台的帷幕已经拉起。观众看到的舞台图像不是随便坐落在什么地方的空间，而是这个舞台的图像。舞台图像表现的就是舞台。舞台上的每个物体打眼看去就颇具戏剧效果：不是因为它们是些模仿之作，而是因为它们彼此之间的排列不符合现实生活中常见的那样。每个物体虽说都是真材实料（木头、钢铁、布料等），但立刻就看得出来是布景。它们是用于表演的物体。它们没有故事可言。在进入剧场和将目光投向舞台之前，观众无法想像舞台上已经发生了一个故事。他们充其量可以想像的是，布景师将道具摆在了舞台这个或那个地方。观众同样难以想像，舞台上的物体将会成为一个只可能发生在舞台以外某个地方的故事的物体：观众立刻就会明白，他们将要观看的一个过程不是发生在某个现实之中，而是舞台上。他们不会共同经历和感受什么故事，而是观看一个戏剧表演过程。这个过程一直持续到剧终帷幕拉上：因为舞台上没有发生什么故事，观众也就不可能回味什么故事，顶多只会是个人的故事（或者是布景师将道具重新撤下舞台）。具体而言，舞台看上去大致如此：舞台后面的界限是由一块帷幕构成的，其大小和特征类似于舞台面对观众席的帷幕。帷幕的褶裥笔直地垂落，而且排列密集，所以观众很难看出将帷幕一分为二的缝隙。舞台侧面没有什么界限。舞台后的帷幕前摆放着各种道具：显而易见，它们会被使用，犹如流动艺人的表演道具。它们一个个都有反复可用的价值，免得让观众认为它们或许跟杂货店里的破烂玩意儿没有什么两样；为了避免让人产生这样的错觉，那些物体都摆放在各自合适的位置上：椅子立着，扫帚靠着，枕头平放着，绳子垂挂，抽屉插在桌子里面。另一方面，为了使观众别猜测自己似乎置身于一种住宅布置艺术展之中（至少暂时是这样的），各个物体的摆放相互没有什么关联，甚至没有什么品位，所以，观众从这些物体摆放的样子就辨认得出这是舞台。椅子离桌子那么远，仿佛它们根本就和桌子不相干似的。此外椅子也没有立在与桌子通常的角度上，而且相互也不成角度，尽管它们不会给人一种混乱无序的假象。桌子带抽屉的一面朝向观众。舞台某个地方还有一张三条腿的桌子，更小，更矮。舞台中央没有摆放任何东西。两把椅子被放置在舞台某个地方，它们各有两条和三条背棱。其中一把椅子上放着一个垫子，另一把空空的。舞台上还摆放着一张长沙发——对坐在观众席中间的观众来说——一半消失在舞台一侧（这样指示着舞台空间），必要时可以供五个人坐。舞台某个地方有一把摇椅。舞台某个地方靠着一把舞台扫帚和一把铁锨，其中一个上面似乎印着可以影影绰绰看到的“舞台”字样：**舞台**或者演出舞台的名称。舞台上某个地方还有一个印有同样字样的废纸篓，里面什么都没有。在大桌上（但并非在中央位置）摆放着一个盛有水的广口瓶，旁边是一个普通的玻璃杯。舞台后某个地方还立着一个颇具风格的柜子，上面插着一把大钥匙。这些道具总体看上去就像是由许多别的东西拼合而成的，当然观众绝对看不出这些东西中任何一件的故事萌芽来。这些物体尽管被组合在一起，但彼此之间并不矛盾。它们具有熟悉而无时性的形式。那把摇椅既可能是拍卖会上竞拍所得，也可能是从商场里买来的。没有任何一个物体拥有让人莫名其妙的特殊标志。舞台前沿中心架着一个麦克风。

第一个走进剧场的观众已经看到舞台上柔和的灯光照明。舞台上的一切一动不动。每位观众都有足够的时间观察舞台上的每一个物体，或是厌烦，或是渴望。最后，在轻柔而悠扬的小提琴伴奏下（“小提琴的音色相比吉他要更为细腻”——卡斯帕），观众厅里的灯光像平常一样缓慢熄灭。（在观众进入剧场等待演出开始时，上述解说词会通过扬声器轻声念给观众们听，并重复播放。）

1

舞台后侧的帷幕后面**出现一个动作**，观众可以从帷幕的摆动注意到。那个动作出现在帷幕的左侧或右侧，逐渐向帷幕中央延伸，同时变得越来越剧烈，越来越快。帷幕后面的人越接近帷幕中央，帷幕也就被向内挤压得越远。起初不过是一种触摸，那么此刻却成了穿过帷幕的尝试，因为幕帘在向后退缩。观众愈来愈明显地看到，有人想穿过帷幕走上舞台，但是直到此刻尚未找到帷幕的接缝。在错误的地方进行了几次徒劳的尝试之后——当帷幕被折进去的时候，观众听到了它的响动——那个人如愿以偿地找到了他压根儿就没有寻找过的接缝。先是露出一只手来，接着非常缓慢地露出了身子。另一只手抓着礼帽，免得让帷幕把它蹭到地上。这个身影向舞台微微动了一下，于是帷幕就慢慢地脱开了他，并在他身后又合上了。卡斯帕站在舞台上。

2

观众有机会打量着卡斯帕的面孔和装束：他站在那儿。他的装束是一身戏服。他戴着一顶挂着饰带的圆形宽边礼帽。他穿着一件领口紧扣的浅色衬衣。他的上衣颜色鲜艳，上面有许多（大约七颗）金属纽扣。他的裤子肥大。他穿着笨重的鞋子，比如说一只鞋上拖着一根长长的松开来的鞋带。他看上去“滑稽可笑”。他的服装颜色与舞台上的其他颜色形成鲜明的反差。第二眼或第三眼看去时，观众才会发现他戴着一个面具：它面色“苍白”；它看上去非常逼真；它或许与面孔相吻合；它的表情是惊讶与迷茫的。这个面具是圆的，因为在又圆又大的脸上，惊讶的表情更具戏剧效果。卡斯帕不一定身材高大。他站在那儿一动不动。他是惊讶的化身。

3

他开始动起来。一只手依然抓着礼帽。他走路的样子非常呆板、不自然，呈现一种不曾有过的方式。当然他也不像木偶那样行走。他的步态是各种步态的不断转换。他迈出第一步时，腿伸出好远，而另一条腿却“摇摇晃晃”、没有把握地跟进；迈出下一步时，他采用的方法正好相反；再迈下一步时，他高高地抬起一条腿，而另一条腿却沉重地拖在身后，他又迈着两只平足走一步，再迈下一步时，他迈错了腿，于是他在迈下一步时又不得不把另一条腿远远地迈向前，以便赶上第一条腿；接着迈下一步时，他走得越来越快，也越来越接近跌倒，他右腿向左迈，左腿向右迈，使得他险些跌倒；再迈下一步时，他一条腿越不过另一条，从后面撞上去，于是他又极力不让自己跌倒；再迈下一步时，他的步伐过大，以至于他几乎滑成了劈叉姿势，不得不将另一条腿吃力地拖过来；他此间又想急匆匆地让第一条腿向前移动，但是却迈错了方向，以至于他又一次险些失去失衡；再迈下一步时，越发匆忙，他让一只脚尖冲前，却让另一只脚尖朝后；接着迈下一步时，他猛地想让前一只脚尖向后一只脚尖看齐，这时他再也不知所措，绕着自己打起转转来。在这整个期间，观众都在担心他会跌倒。此刻他终于倒地了。此前他的行走并非直接朝着观众的方向，而是呈螺旋形来回移动在这个不算太小的舞台上。那不是什么行走，而是介于时刻都有可能跌倒与绕来绕去行进之间的一种动作，其间一只手始终抓着礼帽，即使在最终倒地时，帽子也依然戴在头上。跌倒之后，观众看到卡斯帕乱七八糟盘腿坐在舞台地面上。他一动不动，只有抓帽子的那只手在自主行动：它慢慢从头上滑下来，顺着身子垂下去。它又摇晃了一阵儿，最终也不再动了。卡斯帕坐在那儿。

4

他开始说话。他总是说一个句子：我也想成为那样一个别人曾经是那样的人。他说这个句子，显然对这个句子没有概念，也没有以此表明什么，唯独对这个句子没有什么概念而已。他在同样的间隔里，一再重复着这个句子。

5

卡斯帕以同样的姿势坐在地上，盘着腿，重复着这个句子，现在用几乎所有可能的表达方式。他用坚定的表达方式说出它。他用疑问的表达方式说出它。他呼叫出这个句子。他抑扬顿挫地朗诵着。他欢快地说出这个句子。他轻松地说出这个句子。他断断续续地说出来。他愤怒和急躁地说出它。他极度恐惧地说出这个句子。他把它像一句问候、一个连祷中的呼唤、一个对某个问题的回答、一道命令、一个请求一样说出来。然后，尽管单调，他却唱出这个句子来。最后他喊出它来。

6

当他这样无法继续说下去时，他站起来。起初他试图依靠一个动作站起身来。他没有如愿。他挺起半个身子又倒在地上。第二次努力也失败了，他几乎完全直起了身子，却又倒在地上。现在他吃力地把双腿从身下抽出来，脚尖比如说却又卡在腘窝里。最后他靠着双手，把两腿彼此拽开。他伸展双腿。他打量着双腿。他同时屈膝收起腿。他突然蹲起来。他眼看着地面离他越来越远。他用整个手指着那渐渐远去的地面。他惊奇地说出那个句子。他现在直起身子站在那儿，左顾右盼，对着那些物体，又说出那个句子来：**我也想成为那样一个别人曾经是那样的人。**

7

他又开始走起来，步态不自然，可是现在却很匀称：例如双脚深深地向内并拢，膝盖非常僵硬。双臂松松垮垮地垂着，连手指也没有两样。他冲着一把椅子说出那个句子，并非没有语调，但是也没有表达什么。因为他要借以表达第一把椅子没有听到这个句子，所以他把它说给另一把椅子听。他边继续往前走，边把这个句子说给桌子听，因为他同时要表达两把椅子都没有听到这句话。他边继续往前走，边把这个句子说给柜子听，因为他要借以表达柜子听不到它。他在柜子前又一次说出这个句子，可是没有表达什么：**我也想成为那样一个别人曾经是那样的人。**他像是偶然用脚踢了一下柜子。他像是故意用脚踢了一下柜子。他又用脚踢了一下柜子：柜门随之缓慢开启了。观众看到，柜子大概由一个空间组成，里面或许挂着几件五颜六色的戏服。卡斯帕对柜门的移动没有反应。他只是让自己稍微向后退了一下。他现在静静地站着，直到柜门又不动了。他现在对敞开的柜门有了反应，说出了那个句子：**我也想成为那样一个别人曾经是那样的人。**

8

这些过程现在一分为三：其一，卡斯帕在舞台上动来动去，现在不再是避开每一个物体，而是触摸它（甚至更多）；其二，卡斯帕在折腾了每一个物体之后便说出自己的句子；其三，现在从四面八方开始有场外提词人说话，他们通过说话让卡斯帕学习说话。提词人大概是三个人，只闻其声不见其人（他们的声音也许来自录音带），说话时不带任何口气，也就是说，他们说话时既不采用那些通常带有讽刺、幽默、与人为善和人情味儿的表达方式，也不采用那些通常阴森可怕、非同寻常、超越感觉和超越自然的表达方式。他们说得通俗易懂。他们通过一种良好的室内音响设备说着一种不是他们自己的语言。他们不是采用通常的方式表达一种**意义，他们在表演说话**，声音虽然不大，但却鼓足了劲。结果过程如下：观众同时看到卡斯帕从柜子走向沙发，听到四面八方有人在说话：

卡斯帕走到长沙发前。他发现了沙发构件之间的缝隙。他将手插入一道缝隙。他无法再将手拔出来。他把另一只手伸进去帮忙。他无法再把两手从缝隙里拔出来。他在沙发上撕来撕去。他猛地拔出了双手，同时也把沙发的一块从原先的位置扯到地上，他看了片刻之后说出那个句子：我也想成为那样一个别人曾经是那样的人。

你已经有一个句子，用它你可以引人注意。你可以用这个句子在暗处引人注意，这样你就不至于被人当做一个动物。你有一个句子，用它你可以告诉自己一切你无法告诉别人的东西。你能够给自己解释，你当下的处境怎样。你有一个句子，用它你就可以反驳同样的句子。

当卡斯帕折腾每一个物体时，场外提词人大概停止了说话。在沙发件掉落在地上的同时，那些说话人也打住了。每当与不同的物体接触后，卡斯帕在说出那个句子之前都会有一个短暂的停顿。

9

卡斯帕走到桌子前。他发现了桌了里的抽屉。他拧着抽屉上的把手，但却拧不动。他拉拽抽屉。抽屉拉出来一截。卡斯帕又拉拽抽屉。抽屉已经斜着悬在桌子上。他又一次拉拽抽屉。抽屉失去支撑掉在地上。一些东西，如刀叉、一个火柴盒、硬币等从抽屉里掉出来。他看了片刻之后说：我也想成为

这个句子对你来说比一个词语更有用。你可以把一个句子说完。说出一个句子来，你能够使自己感到愉悦。你可以琢磨这个句子，其间你就会前进了好几步。用这个句子，你可以停顿。拿一个词语跟另一个抗衡。用这个句子，你可以拿一个词语和另一个进行比较。只有用这个句子，而非用一个词语，

那样一个别人曾经是那样的人。

你才能要求发言。

10

卡斯帕走到一把椅子前。尽管椅子挡住了他的去路，他却试图径直走下去。他边走边推着椅子向前。他继续走下去。椅子没有倒地。卡斯帕在继续行走中被椅子绊住了。他边走边试图摆脱掉椅子。起初，他越来越危险地与椅子纠结在一起，可是后来，就在他打算放弃的时候，他却正好因此而摆脱了椅子。他踹了椅子一脚，使之飞了出去，并倒在地上。

你可以用这个句子装傻。用这个句子抵制其他句子。描述一切挡在你路上的东西，并且清除它们。使你熟悉所有的物体。用这个句子把所有的物体变成一个句子。你可以使所有的物体变成你的句子。有了这个句子，所有的物体都是你的组成部分。有了这个句子，所有的物体都属于你。

看了片刻之后说：我也想成为那样一个别人曾经是那样的人。

11

卡斯帕走到小桌前。这张桌子有三条腿。卡斯帕用一只手抬起桌子，用另一只手拽一条桌腿，但却无法将其拽出。他拧这条桌腿，起初拧错了方向。他朝正确的方向拧。他将桌腿拧了出来，但是依然用另一只手托着桌子使之保持平衡。他慢慢抽开手。桌子靠他的指尖撑着。他慢慢地移开指尖。桌子倾倒了。看了片刻之后说：

用来抵抗。一个句子用来分散注意力。你有一个句子，你可以用它给自己讲一个故事。你有一个句子，当你感到饥饿时，你可以去啃它。一个句子，你可以用它来装疯：有了它，你就可以变疯。一个用来发疯的句子：用来保持疯狂。你有一个句子，你用它可以引起对自己的注意：你用它可以转移对自己的注意。一个用我也想成为那样一个别人曾经是那样的人。

来散步的句子。用来许诺。用来停顿。用来计算步伐数。

12

卡斯帕走到摇椅前。他围着摇椅兜圈子。他看似不经意地碰了碰摇椅。摇椅开始动起来。卡斯帕后退了一步。摇椅动来动去。卡斯帕又后退了一步。摇椅停止不动了。卡斯帕朝摇椅迈了两步，稍稍用脚使它动起来。当摇椅动起来的时候，他用手使它动得更加剧烈。当摇椅更加剧烈地摇来摇去时，他用脚使它晃动得更为剧烈。当摇椅晃动得越发剧烈

你有一个句子，你可以从头到尾、从尾到头说出这个句子。你有一个可以用来肯定和否定的句子。你有一个可以用来否认的句子。你有一个句子，你可以用它使自己疲惫或者清醒。你有一个句子，你可以用它遮挡自己的双眼。你有一个句子，你可以用它使任何无序变为有序：你可以用它把任何无序相比另一种无序说成是相对的有序：你可以用它将任何

时，他用手又更为猛烈地推了它一下，使得摇椅现在的晃动显得非常危险。他又用脚推了它一下。然后，摇椅正好到达临界点，片刻之间不知它会倒栽下来还是继续晃动。这时，他用手轻轻地推了它一下，然而这就足以使它倒栽下来。卡斯帕看到摇椅倒栽下来时撒腿就跑。然后他又一步一步地走回来。看了片刻之后说：我也想成为那样一个别人曾经是那样的人。

无序解释为有序：可以使自己变得有序：可以摆脱任何无序。你有一个句子，你可以把它作为自己的楷模。你有一个句子，你可以把它置于自己和所有其他东西之间。你是一个句子幸运的占有者，它将会为你使任何不可能的有序成为可能，使任何可能和真实的无序成为不可能：它将会为你驱走任何无序。

13

卡斯帕环顾四周。一把扫

没有这个句子，你什么也无

帚立在那儿。他走到扫帚前。他用手或脚将扫帚的下端朝自己拨拉，这样扩大了扫帚倚靠的角度。他又拉了一下，再次扩大了角度。他又拉了一下，微不足道。扫帚逐渐滑动起来，并倒在地上。看了片刻之后说：我也想成为那样一个别人曾经是那样的人。

法想像。没有这个句子，你看不到任何物体。没有这个句子，你会寸步难行。你可以用这个句子回忆，因为你在迈上一步时说过这个句子，你可以回忆起上一步，因为你说过这个句子。

14

卡斯帕走到依然立着的那把椅子前。他站在椅子前一动不动。他又站了说出这个句子持续的时间。他突然坐了下来。看了片刻之后说：我

你可以听到自己说话。你变得细心了。你会用这个句子引起对自己的注意。你会注意到自己。你碰到了什么情况，这个句子因此而被中断

也想成为那样一个像。他暂时说不下去了。

了，你因此可以注意到，你碰到了什么情况。你变得细心了：你能够变得细心：你细心了。

15

卡斯帕坐着。他一声不吭。

你用这个句子学会了停顿，你用这个句子学会了你在停顿，你用这个句子学会了听，你用这个句子学会你在听，你用这个句子学会了把时间划分为说出这个句子之前与之后的时间，你用这个句子学会了划分时间，如同你用这个句子学会了你曾经在别的什么地方，当时你最后一次说出这个句子，就像你用这个句子学会了你现在别的什么地方一样，你用这个句子学会了说话，你用这个句子学会了你在说话；你用这个句子学会了你在说一个句子，你用这个句子学会了说另外一个句子，就像你学会了还有其他句子，学会了其他句子一样，学会再学会；你用这个句子学会了秩序是存在的，你用这个句子学会了学习秩序。

16

舞台变黑。

你还可以钻到这个句子后面

去：隐藏：否认它。这个句子还可以意味着一切。

17

舞台灯光亮起来。卡斯帕静静地坐着。没有任何迹象表明他在倾听。人家教给他说话的本领。他想保留自己的句子。这个句子因为说其他句子而被逐渐排挤出他的脑海。他变得语无伦次。

这个句子还不会让你感到痛苦没有一个词语。让你感到痛苦。每一个词都让你。感到痛苦，但是你不知道，让你感到痛苦的，是一个句子，这个。句子让你感到痛苦，因为你不知道，那是一个句子。说话让你感到痛苦，但是说话不会让你。感到疼痛，没有什么让你感到痛苦，因为你还不知道，什么。让你感到痛苦，一切都让你感到痛苦，但什么都不是。真正让你感到痛苦，这个句子让你。还不会感到痛苦，因为你还不知道，那是一个句子。是，尽管你不知道那是一个句子，可是它让你感到痛苦，因为你不知道，那是一个句子，这个让你。感到痛苦：

我也想成为那样一个别人曾经是那样的人。

你开始，从自身，你，就是一个，句子你，可以从，你自身造出无数个，句子，你坐在，那儿但是，你不知道，你在那儿坐着。你没有坐在，那儿因为你，不知道，你在那儿坐着你，不能从你自身，造出句子来，你坐着你的，外套紧扣着。你裤子上的，腰带，系得太松，你，没有鞋带你，没

卡斯帕用他的句子反抗：

我想。

我想变成像以前。

我想变成像以前那样一个。

另一个。

那样另一个。

一个人。

有，腰带你的外套，敞开着，你根本就不，在那儿你，是一根松，开的鞋，带。你无法抵御任何句子：

他还能坚守自己的句子：

我也想成为那样一个别人曾经是那样的人。

鞋带让你感到痛苦。它之所以让你感到痛苦，不是因为它是一根鞋带，而是因为你为之找不到词语，系紧和松开的鞋带之间的区别让你感到痛苦，因为你不知道，系紧和松开的鞋带之间的区别是什么。外套让你感到痛苦，头发让你感到痛苦。你，尽管你不会让自己感到痛苦，可是你却让自己感到痛苦。你让自己感到痛苦，因为你不知道你是什么。桌

他继续反抗：

我曾经。

是另 个人成为。

另外这样一个人。

像我这样成为。

是我。

曾经是这样的人。

是一个。

我这样的人。

想成为另一个人。

我想成为另一个人。

像另外那样一个人。

有一天是另一个人。
曾经是另一个人。
像以前一样。
我想成为这样一个人像。

子让你感到痛苦，帷幕让你感到痛苦。你所听到的话，你所说出的话，都让你感到痛苦。没有什么让你感到痛苦，因为你不知道什么会让人感到痛苦，一切都让你感到痛苦，因为你对什么意味着什么一无所知。因为你不知道任何东西的名称，所以一切都让你感到痛苦，哪怕你不知道，之所以让你感到痛苦，因为你不知道，“让人痛苦”这个词语意味着什么：

第一次偏差：
我想成为这样另外一个人
就像另一个曾经是另外
这样一个人一样。

你听到一些句子：一些类似于你的句子的东西：一些可以比较的东西。你比较。你他更加猛烈地反抗，却没有什么效果：

一个。

是。

这样一个人。

曾经是。

想。

另一个人。

另外这样一个人——我——就像曾经想是的那样。

他反抗得更加猛烈，却更加没有什么效果：

Gemöchten！

Olch！

Andrein！

Solchicht！

Isten！

Mörden（谋杀）！

可以让你的句子与别的句子争个高下：使自己习惯于松开的鞋带。你已经习惯了别的句子，所以你没有它们就再也寸步难行。你再也无法把你的句子想像为自成一体了：它已经不再是你的句子：你已经在寻找别的句子。有些事情变得不可能了：另一些事情变得可能了：

你坐在哪儿呢？你静静地坐着。你说什么呢？你说得好慢。你呼吸什么呢？你呼吸均匀。你在哪儿说话呢？你说得好快。你呼吸什么呢？你呼气和吸气。你什么时候坐呢？你更加安静地坐着。你在哪儿呼吸呢？你呼吸得更快。你什么时候说话

Esch !

呢？你说话声更大。你坐什么呢？你呼吸。你呼吸什么呢？你说话。你说什么呢？你坐着。你坐在哪儿呢？你说出来又收进去：

Osch nöcht alsten welicht lein.[1]

场外提词人十分强烈地规劝卡斯帕：

卡斯帕说出一个很长的“i”。

整理。竖放。平放。放置。

卡斯帕说出一个不太长的“n”。（他单独说出“n”这个字母，没有说出那些通常用于罗列字母的助词。）

竖放。整理。平放。放置。
竖放。整理。平放。放置。

卡斯帕说出一个较短的“s”。

竖放。整理。平放。放置。

[1] 卡斯帕说的这两段话已经完全语无伦次，句式和词语结构面目全非，惟独在第一段结尾前出现了一个完整的词语 mörden（谋杀）。

卡斯帕说出一个短的、表面上很吃力的“r”。

整理。竖放。平放。坐着。

卡斯帕说出一个“p”，他同时试图把这个“p”的发音像其他字母一样拉长，他自然还是失败了。

竖放。整理。坐着。躺着。
坐着。躺着。整理。站着。

卡斯帕从表面上吃力地说出一个“t”。

站着。坐着。躺着。整理。

卡斯帕极其吃力地说出一个“d”。

躺着。站着。坐着。井然有序：

卡斯帕试图起码通过诸如跺脚、蹭地、来回推动一把椅子、最后或许干脆在自己的衣服上挠来挠去等动作再制造出一种响声来。

场外提词人现在就此说话很平静，对自己的事情显得胸有成竹：
听？
停留？
出发？
听！

停留!!

出发!!!

卡斯帕竭尽全力想要发出惟一一个音来。他手脚并用努力为之。他发不出一个音来。他的动静儿变得越来越弱。最终他也一动不动了。卡斯帕终于不得不沉默了。那个句子从他的脑海里被赶走了。片刻间一片安静。

场外提词人让他无声地努力。

18

卡斯帕不得不说话了。他慢慢受到说话材料的激励开始说起来。

桌子立着。桌子倒了吗？椅子倒了！椅子立着！椅子倒了又立着？椅子倒了，但是桌子立着。桌子立着或倒了！椅子没倒桌子也没立着椅子也没立着桌子也没倒?！你坐在一把倒下的椅子上：

卡斯帕依然保持沉默。

桌子令你讨厌。可是椅子令人讨厌，因为它不是桌子。可是扫帚令人讨厌，因为椅子不是桌子。可是你的鞋带令人讨厌，因为扫帚不是椅子。可是扫帚不令人讨厌，因为它是桌子。可是椅子不令人讨厌，因为它既是桌子又是鞋带。可是鞋带不令人讨厌，因为它既不是椅子，也不是桌子，更不是扫帚。可是桌子令人讨厌，因为它是桌子．可是桌子、椅子、扫帚和鞋带令人讨厌，因为它们叫桌子、椅子、扫帚和鞋带。它们令你讨厌，因为卡斯帕开始说话：

衰落了。

他开始一点点地说起话来：

因为。

经常。

我。

从不。

至少。

进去。

开始。

我。

一无所有。

尽管。

就像。

因为我已经至少置身于这里。

你不知道，它们叫什么：

他们继续填塞给他令人精神错乱的词语：因为一张你坐在上面的柜子是一把椅子，或者不是吗？或者一把你坐在上面的椅子是一个柜子，因为它就立在柜子的位置上，或者不是吗？或者一张立在柜子位置上的桌子是一把椅子，因为你就在上面坐着，或者不是吗？或者一把你坐在上面的椅子是一个柜子，只要它可以用钥匙打开，并且里面挂着衣裳，哪怕它就立在桌子的位置上，而且你用它可以把地面清扫干净；或者不是吗？

一张桌子就是一个词语，你

他离一个规范的句子越来越近了：

放进手里。

遥远和宽广。

或者在那儿。

摔了出去。

击中了双眼。

没有人。

又回家吧。

陷入这个窟窿。

山羊眼。

堵住水流。

多么幽暗。

喊死人了。

可以把它用于柜子，那么你就在桌子的位置上有了一个真正的柜子和一张可能的桌子，你说是吗？一把椅子就是一个词语，你把它用于扫帚，这样你就在椅子的位置上有了一把真正的扫帚和一把可能的椅子，你说是吗？一把扫帚就是一个词语，你可以把它用于你的鞋带，那么你就在鞋带的位置上有了一条真正的鞋带和一把不可能的扫帚，你说是吗？而一条鞋带就是一个词语，你把它用于桌子，这样你就在桌子的位置上突然既没了桌子又没了鞋带，你说是吗？

如果我在这儿至少继续说自己的话。

鳗鱼。奔跑。

椅子依然让你感到痛苦，可

沸腾。从后面。
右边。后来。马。
从未站过。你喊叫。
更快。脓包。殴打。
你呻吟。膝盖。
回来。你爬行。
棚屋。立刻。
蜡烛。白霜。绷紧。
你期待。你反抗。
老鼠。惟一。更糟糕。
你行走。活着。继续。
你跳跃。是的。你应该。

我这把椅子进来了，没有给你鞋带说只言片语，你此间呆板地说完话就裹在脚里面，扫帚没有给桌子说话，桌子在离柜子不远的地方倒是“椅子”这个词语则让你高兴。桌子依然让你感到痛苦，可是“桌子”这个词语则让你高兴。柜子还稍许让你感到痛苦，可是“柜子”这个词语则让你更加高兴。“鞋带”这个词语已不大让你感到痛苦，因为这个词越来越让你高兴。“扫帚”这个词语越是让你高兴，扫帚就越不会让你感到痛苦。这些话语不再让你感到痛苦，如果“话语”这个词让你高兴。“句子”这个词语越是让你高兴，这些句子就越让你高兴：

立着，帷幕上几乎连两滴解救的水珠都没有。

话语和事物。椅子和鞋带。没有事物的话语。没有扫帚的椅子。没有话语的事物。没有事物的桌子。没有鞋带的柜子。没有桌子的话语。既没有话语也没有事物。既没有事物也没有鞋带。既没有鞋带也没有话语。既没有话语也没有桌子。桌子和话语。没有事物的话语和椅子。没有没有话语和柜子的鞋带的椅子。话语和事物。没有话语的事物。没有事物的话语。既没有话语也没有事物。话语和句子。句子：句子：句子：

卡斯帕说出一个规范的句子：

当时，当我还在别处的时候，我头脑里从未有过这么多的痛苦，自从我来这里以后，人们还没有像现在这样折磨过我。

舞台变黑。

19

舞台亮起来。他开始慢慢说起话来：

在我，正如我现在才看到的，进来之后，我把，正如我现在才看到的，沙发搞得乱七八糟，然后，正如我现在才看到的，这扇柜门，正如我现在才看到的，我用脚折腾了它一番，正如我现在才看到的，敞开着，然后抽屉从桌子里，正如我现在才看到的，被拽出来了，然后有一张——另一张，正如我现在才看到的——桌子被掀翻了，然后有一张摇椅，正如我现在才看到的，也被掀翻了，另外还有一把椅子和一把扫帚被弄翻了，正如我现在才看到的，然后我走向（正如我现在才看到的）那惟一一把立着的椅子，坐在上面。我既没看到什么，也没听到什么，我感觉很好。

他 站 起 来。现 在 我 站 了 起 来，并且立刻发现了，不是现在才发现的，我的鞋带开了。因为我现在会说话了，所以我可以把鞋带系好。自从我会说话以来，我就能够中规中矩地弯下身子去系鞋带。自从我会说话以来，我就能够把一切弄得井然有序。

他弯下身子去系鞋带。他把一条腿伸向前，为了能够更好地弯下身子去系鞋带。但是因为他另一只脚踩在鞋带上，伸向前的那条腿绊了他一下，他徒劳地试图使自己保持平衡——片刻间他仿佛已经如愿以偿——结果还是倒了下去。倒地时他又将刚刚坐过的椅子弄翻了。片刻安静之后：

自从我会说话以来，我就能够中规中矩地站起身来；可是自从我会说话以来，跌倒才让我感到痛苦；

可是自从我知道我能够谈论痛苦以来，跌倒时的痛苦就减了一半；可是自从我知道人们会谈论我跌倒以来，跌倒时的痛苦就加重了一倍；

可是自从我知道我能够忘却

痛苦以来，跌倒压根儿就不再让我感到痛苦；可是自从我知道我会对自己的跌倒感到羞愧以来，痛苦就没完没了地纠缠着我。

20

自从你会说一个规范的句子以来，你开始把一切你所感知到的东西与这个规范的句子进行比较，从而使这个句子成为典范。你所感知到的每一个物体，你可以用来描述它的句子越简单，它也就越简单：那个物体是一个规范的物体，当你采用一个短小简单的句子之后，它便不会再产生任何疑问：一个规范的物体是那样的物体，对它来说用一个短小简单的句子就澄清了一切：对一个规范的物体来说，你只需要一句有三个词语的句子：那个物体是规范的，你不必先讲述故事。对一个规范的物体来说，你甚至连一个句子都不需要：对一个规范的物体来说，描述它的词语就足够了。只有对不规范的物体而言才会开始有各种故事。如果你无须再讲述任何有关自己的故事，那你就是中规中矩的：如果你的故事不再与别的故事有区别的话，那你就是中规中矩的：如果关于你的句子不再引发对立的句子的话。不许再有可能把自己藏身于任何句子后面。

卡斯帕开始说起话来。他说得很慢：

记住这个，可别忘记！
记住这个，可别忘记！
记住这个，可别忘记！
记住这个，可别忘记！
记住这个，可别忘记！
记住这个，可别忘记！
记住这个，可别忘记！
记住这个，可别忘记！

记住这个，可别忘记！

记住这个，可别忘记！

记住这个，可别忘记！

记住这个，可别忘记！

关于你鞋带的句子和关于你的句子要相互一模一样，仅有一个词语例外：它们要相互最终一模一样，仅有这个词语例外。

21

一个聚光灯跟着卡斯帕的手，它在靠近那条松开的鞋带。它又跟着卡斯帕的另一只手，它也同样在靠近鞋带。卡斯帕仔细地将鞋带交叉起来。他将鞋带两端交叉着举起来。他清晰地将一端缠在另一端上。他将鞋带两端交叉着举起来。他清晰而缓慢地将两根鞋带拉紧。他

桌子立着。听到“桌了”这个词语时，你就会想到一张立着的桌子：再也没有任何句子有必要了。

床单落在地上。如果说床单落在地上的话，就是有什么东西不对劲。床单为什么会**落在地上**呢？床单因此会要求有别的句子来表述。由此床单就有了故事：床单上没

清晰地用一根鞋带打了一个活套。他把另一根缠在活套上。他把它从下面拽过去。他用力拉紧蝴蝶结。第一个秩序产生了。聚光灯熄灭。

有套环，或者有人将它扔在地上了？套环脱落了？套环被扯掉了？有人被这条床单勒死了吗？

帷幕正在笔直下垂：听到“帷幕”这个词语时，你就会想到一块正在笔直下垂的帷幕。再也没有任何句子有必要了。值得追求的是，一块正在笔直下垂的帷幕。

22

聚光灯跟着卡斯帕的手，它撩起上衣靠近裤腰带，腰带或许很宽松。聚光灯跟着卡斯帕的另一只手，它也同样在靠近腰带。其中一只手从

一个必然还会受到质疑所跟随的句子是不如人意的：听到这样的句子时，你会感到很不自在。关键是你所造的句子，你听到它们时至少会

很多套环里抽出腰带头。另一只手捏紧腰带的扣针，而这一只手把腰带从扣针上拽开来。这一只手拽紧腰带，另一只手将扣针按进下一个扣眼里。现在通过系紧腰带而显得更长的腰带头被两只手又小心翼翼地插回许多套环里，直到裤子腰身显然变得整整齐齐。聚光灯熄灭。

感到十分亲切。一个必然还会有一个句子跟随的句子既不美也不如人意。你需要平平常常的句子：句子作为摆设物体：你原本可以省去的句子：奢华的句子。所有尚存在疑问的物体都是不规范的、不美和不如人意的。每两个句子中就有一个是（卡斯帕正从套环里抽出腰带，那些词语都平分到套环上）不规范、不美、不如人意、碍手碍脚、无所顾忌、不负责任和没有品位的。

23

聚光灯跟着卡斯帕的手，它自上而下扣起上衣的纽扣，最后衣服下端剩下一个纽扣。聚光灯照在卡斯帕那只捏着那枚多余的纽扣的手上。然后聚光灯跟着这只手，它自下而上又解开上衣纽扣，动作比扣上纽扣时更快。灯光停留在卡斯帕捏着上方第一枚纽扣的手上。然后它跟着卡斯帕的双手——它们以更快的速度重新扣上上衣纽扣。这一次如愿以偿。聚光灯照着卡斯帕的双手捏着最下端的纽扣。然后双手离开那枚纽扣。聚光灯显示，一切都井井有条。然后灯光熄灭。

每一个物体无疑是一个物体的图像：每一张真正的桌子都是一张桌子的图像。每一栋房子无疑都是一栋房子的图像。每一张真正的桌子都是（那些词语都平分到扣纽扣上）规范、美丽、尽如人意、和平、不引人注目、实用和有品位的。每一栋房子（那些词语都平分到解纽扣上）不管它立着、倒塌、摇晃、发臭、燃烧、闲置、闹鬼也罢，都不是真正的房子。每一个句子（那些词语都平分到扣纽扣上），只要它不干扰、不威胁、没有目标、没有质问、不令人窒息、什么也不想、什么也不主张，就都是一个句子的图像。

24

卡斯帕完全站在聚光灯下下。显而易见，上衣与裤子不般配，无论是颜色还是式样。

卡斯帕保持安静。

一张桌子是一张真正的桌子，只要桌子的图像与桌子相符：它还不是真正的桌子，这是因为，虽然桌子的图像仅仅与桌子相符，但是桌子和椅子共同的图像与桌子和椅子不相符。如果你自己与这张桌子不般配的话，它还算不上真正的、本原的、典型的、地道的、合理的、规范的、适宜的、美丽的、更加美丽的、美丽如画的桌子。如果这张桌子已经是一张桌子的图像的话，那你就无法改变它：如果你无法改变桌子的话，那你就得改变你自己：你要成为你自己的图像，就像你要把桌子变成一幅桌子的图像，把每个可能的句子变成一个可能的句子的图像一样。

25

卡斯帕使舞台井然有序。他从一个物体走到另一个跟前，把一个个东倒西歪的物体恢复原位。这期间，聚光灯准确地跟着他，清晰地捕捉到他的行动过程。此外他还使每一个物体建立起与其他的行为伴随着场外提词人的句子。这些句子在动作上起初与卡斯帕的动作相适应，直到卡斯帕的动作逐渐开始适应他们的动作。这些句子清楚地表明了舞台上那一个个过程，当然并没有对他物体那习以为常的关系，从而使舞台逐渐显得适合居住。卡斯帕尔给自己建造了他独有的（三面）墙。他的每一步，他的每一个动作都有些新鲜，引人注意。他时而用句子伴随他的行为。每一次行为的中断都伴随着句子的中断。每一次行为的重复都会导致句子的重复。他的一个个行为反过来在临近结束时越来越听从那些提词人的句子，而在开始时，那些提词人的句子则适应了他的行为。他首先扶起他坐过的那把椅子。他对此大概说了这样的句子：**我把椅子扶起来，于是椅子立着**。他走到第二把椅子跟前，把第二把椅子扶起来，这一次用一只手。聚光灯照着他的手，

其进行描述。下列句子可供选择：

所有的人天生就被赐予了无数的能力。

每个人都对自己的进步负责。

每一个害人的物体都会被变得无害。

每个人都在为事业服务。每个人都对自己说“是”。

劳动会培养起每个人的责任感。

每一个新秩序都会制造出无序来。

每个人都感到对大地上最细

它紧紧地握着一根垂直的椅背棱条：我扶起第二把椅子：我会数数了。第一把椅子有两块背板，第二把椅子有三块背板：我能够进行比较。他蹲到椅子后面，用双手握紧那些背板。他晃动着它们：所有装有栅状背板的东西都是椅子。一块背板从中间断开来。他很快又将它们对接在一起：所有会折断的东西都不过是一块椅背板。一切能够遮掩自己的东西都不过是一块椅背板。他走到那张大桌前。当他这一次蹲下去的时候，他已经把裤腿挽到膝盖上面；我把裤腿挽到膝盖上面，免得把它弄脏了。他三下五除二，很快将那些散落的东西收集起来。他摊开手去捡：所有能

小的尘粒负有责任。

每个一无所有的人都会靠劳动换取财富。

任何苦难都是自然的。

要保障每一个劳动者拥有足够多的休息时间，因为他有必要弥补在劳动中付出的力量。

每个人都要建立自己的世界。

对秩序的狂热不必导致颠覆。

每一步都会拓宽你的视野。

桌子是一个聚会的场所。

切割的东西都不过是一把餐刀。所有面朝上的东西都不过是一张扑克牌。他试图用整只手拾起一根火柴。他没有如愿。他第一次用两根手指尝试。他如愿了：所有我无法用整个手捡起来的东西都是一根火柴。他很快把抽屉推进桌里。他一直还把那根火柴握在手里。他发现地上还有一根火柴。他拾起这根火柴，而另一根却从他手里掉下去。他拾起这根火柴，而那一根又从他手里掉下去（这些动作十分准确，聚光灯一直跟着）。他第一次借助第二只手从地上拾起那根火柴。他把这两根火柴攥在两只手里。他现在无法腾出手来拉开抽屉。他静静地站在抽屉前。他终于

房间可以告诉你居住者的情况。

住房是有序生活的前提。

鲜花应该如此摆放，仿佛它们来自一个共同的中心。

如果你可以坐的话，那就不要站着。

弯腰最费力气。

重负离身体越近，它们反倒越轻。

上面的抽屉里只放不常用的东西。

节省路程就意味着节省力气。

把一只手里的火柴交到另一只手里：我可以腾出一只手来。所有能够自由活动的东西都是一只手。他用腾出的手将抽屉拉开。他把这两根火柴放进抽屉里。同时他用另一只手推上抽屉。他一只手被夹住了。他边向外拽这只手，边用另一只手继续把抽屉往里推，他拽来推去的劲头越来越大。最终他猛一用力脱开了夹住的这只手，而另一只手也猛地将抽屉推进去。他没有搓手，而是立刻继续行动起来。几乎在砰的一声关上抽屉的同时，他已将离桌子不远处仰面朝天倒在地上的摇椅扶起来，一眨眼工夫他又将倒在地上的扫帚摆在原处。观众尚未回过神来，他已经在聚光灯的

把重量分担在两只胳膊上。

桌子是不会从你面前跑掉的。

要看到工作中的新东西。

只有健康的人才能多出成绩。

无序会激起所有安分守己思考的人的愤慨。

确定最合理的劳动强度。

一张摆好餐具的桌子属于生活中最美的现象之一。

装饰会为你增添风光。

正确地分配时间。

没有人会得到什么施舍。

快速跟踪下，蹲在三条腿小桌前，又帮它把那条腿拧上去。这时，他快速地说道：所有砰砰响的东西都不过是一只抽屉：所有火辣辣的东西都不过是一个开裂的嘴唇：所有抵抗的东西都不过是一把倒地的扫帚：所有挡道的东西都不过是厚厚的积雪：所有来回晃动的东西都不过是一个摇摇木马：所有旋转滚动的东西都不过是一只皮球：所有不能移动的东西都不过是一扇柜门。他此间也阔步走到柜门前，猛地将它推上。但是柜门并未合上。他又用力推了一下。柜门又十分缓慢地开启了。他按紧柜门。当他松开手的时候，柜门又缓缓开启了：所有关不上的东西都不过是一

指甲是衡量秩序与清洁的特殊准绳。

用一个友好的微笑示意，你喜欢做这样的工作。

凡是你所碰到的东西，只要它向来就是这样的情形，你就不可能一下子改变它。

每个人都要无所不能。

每个人都应该与自己的工作融为一体。

所有表面上损害你的东西其实对你都是有利的。

你应当感到对布置舞台负有责任。

扇柜门。所有让我吃惊的东西都不过是一扇柜门。所有撞我脸的东西都不过是一扇柜门。所有扎我手的东西都不过是一扇柜门。（这些句子分别与他用力关门或者按紧柜门的尝试一一对应）最后他让柜子开着。他走到沙发前，仔细地整理它，但同时也把它完全推到舞台上。聚光灯走在他前面，指明沙发应该摆放的位置。他把沙发推到那儿去。另外两个聚光灯走在他前面，指明那两把椅子应该摆放的位置。（聚光灯也许用两束光柱指明那两把椅子的位置）他把椅子放到那里去。（聚光灯的光颜色各异）另一个聚光灯指明摇椅的位置。他跟着聚光灯光柱，把摇椅放到合

按照木板的铺设方向清扫
地面。

在祝酒碰杯时，酒杯应发出
响亮的声音。

每一步对你而言都要成为一
件不言而喻的事情。

你要能够
独立
行动。

在一个清扫过的房间里心灵
也得到了净化。

每一个物体，当你第二次看
到它的时候，你就可以
把它看做你的物体。

方法的

适的位置上。另一个聚光灯已经为那张小桌指明了合适的位置。他把它放到那里去。另一个聚光灯好像在为扫帚和铁锹指明合适的位置。他想把两样东西都放到那里去。聚光灯继续移动着。他跟着聚光灯走。聚光灯走到舞台后面。他拿着扫帚和铁锹跟着聚光灯走到舞台后面。聚光灯独自返回来，已经在舞台上指明了一个位置。卡斯帕又出现了。他捧着一个插着鲜花的大花瓶。他把花瓶放到指定的位置上。另一个聚光灯指明小桌上一个空位。他离开舞台，回来时拿着一个盛满装饰水果的果盘。他把果盘放到小桌上。另一个聚光灯在舞台一个角落里又指明了

相对性
就是你的原则。

流水
不
腐。

一个房间
应该
像一本画册。

久坐不动的生活方式
是不健康的。

房间
应该具有
永恒的烙印。

你一定要对你的工作
显示出
信心。

一个空位。他离开舞台，回来时拎着一只小板凳。他把它放到指定的位置上。另一个聚光灯指明后面帷幕上一个空位。卡斯帕向舞台上方升降布景的梁格结构给了个信号，一幅油画从上面降落到指定的空位上。（它描绘的是一些随随便便的东西，它只需与舞台布置相适应就行了。）卡斯帕指挥这幅油画进入合适的地点。他站在那儿。另一个聚光灯走在他前面，指向敞开的柜子。它照亮柜子里的衣服。卡斯帕走到柜子前。他很快脱去上衣。他找不到挂衣服的地方。聚光灯走到舞台后面。他把上衣搭在胳膊上跟着光柱，回来时拿着一个挂衣架。他把它放到指定的位置

门枢里
没有
蠹虫。

你要能够
为业已取得的成绩感到自豪。

你的幸福
取决于你的成绩。

地板对一个房间的整体印象
举足轻重。

关键在于
参与。

房门紧锁，但是也建立起了
与外部世界的联系。

各种物体一定要
为你的图像

上。他挂起上衣。他走到柜子跟前，挑出另一件上衣。他穿上它。他扣上扣子。他站在那儿。他摘下礼帽。他把帽子挂在衣架上。舞台变得越来越色彩斑斓。最后他按照场外提词人的句子运动。一种持续的声音轻轻地响起了。它现在变大了。这上衣显然与裤子和其他物体很般配。舞台上的一切与一切都很般配。一瞬间，他仿佛是置身于住宅文化展览之中的一个木偶图像。唯独那敞开的柜子对这幅图像造成了干扰。那个持续的声音越来越强烈。卡斯帕站在众目睽睽之下。舞台照明如节日一般。

增添色彩。

每一项工作都会是
你要让它变成的那个样子。

秩序不应是
缺乏灵魂的
秩序。

你所拥有的，
那就是你自己。

住在阴暗的房间里只会引发
不必要的思想。

各种物体的
有序
会为
幸福
创造
所有的

前提。

在黑暗中是噩梦的东西，
在光明里是
令人喜悦的
确信。

每一种秩序早晚都会丧失
它的
恐怖。

你不是为了娱乐
而来到世上。

26

舞台上的灯光非常缓慢地熄灭，而那个声音同时也顺应于灯光。灯光熄灭的时候，卡斯帕说着话。他开始说得非常低沉，听上去很温和，但是随着灯光逐渐熄灭和那个声音逐渐减弱，他的嗓门越来越高，以至于舞台上变得越暗，那个声音变得越低，他的声音就越发刺耳和难听。最后，随着灯光彻底熄灭和那个声音完全停息，他声嘶力竭地呜咽道：所有**明亮的东西都是和平的：所有宁静的东西都是和平的：所有在自己位置上的东西都是和平的：所有和平的东西都是友好的：所有友好的东西都是适合居住的：所有适合居住的东西都是惬意的：所有惬意的东西都不再是阴森可怕的：所有我能叫上名字的东西都不再是阴森可怕**

卡斯帕说话期间，场外提词人也在说话，但是并没有使他的话不可理解——然的：所有不再阴森可怕的东西都属于我：所有属于我的东西我都耳熟能详：

所有我耳熟能详的东西都会增强我的自信：所有我耳熟能详的东西都会让我松一口气：所有我耳熟能详的东西都是井然有序的：所有井然有序的东西都是美好的：所有美好的东西都会让我眼前一亮：所有让我眼前一亮的东西都会让我惬意：所有令我惬意的东西都会使我平静：所有令我惬意的东西都会使我从善：所有使我从善的东西都会使我有所作为。

舞台上现在一片漆黑。在灯光又十分缓慢地亮起来的时候，卡斯帕又开始说起话来，起初听起来十分温和，然后，灯光越亮，他的声音而，他们自己当然通过轻声说话、语无伦次、省去音节、从尾到头说话、错误地重读等等，尽可能表达得含混难懂——，他们以均匀的序列大致说了下列文字：击打桌子。坐到椅子中间。挽起袖子。呆在地上。向幕后张望。向手里吐唾沫。击打桌子。待在地上。挽起袖子。坐到椅子中间。向手里吐唾沫。击打桌子。坐在同一桌旁。击打桌子。招惹麻烦。摔上门。挽起袖子。击打椅子。狠揍一顿。击打桌子。保持强硬。招惹麻烦。击倒在地。驳回申请。挥拳示威。狠揍一顿。击打胃部。彻底摧毁。打碎地板。往脚前吐唾沫。击打眉心。打碎瓷器。招惹麻烦。打碎就越尖越高：所有井然有序的东西都是井然有序的，因为我对自己说，它是井然有序的，就像所有躺在地上的东西都是一只死苍蝇一样，因为我对自己说，所有躺在地上的东西都不过是一只死苍蝇，就像所有躺在地上的东西都不过是临时躺在那儿一样，因为我对自己说，它只是临时躺在那儿，就像所有平放的东西都会立起来一样，因为我对自己说，它立了起来，就像所有我说的东西都是井然有序的一样，因为我对自己说，所有我对自己说的东西都是井然有序的。

桌子。击打胃部。打碎共用的桌子。击倒在地。打碎帷幕。打碎门。平息突然插入的喊声。保持强硬。打破偏见。

27

现在卡斯帕被教会了这些句子模式，借用它们，一个中规中矩的人就可以勉强度日。在他说最后几个句子时，就已经走向摇椅。在接下来的说话过程中，他坐在摇椅里，但过了一会儿才开始慢慢晃动起来。起初他说话单调，尽管声音很大，但却没有标点符号，然后他就说出一个个句号来，最后说出那些逗号，最后夸张地说出一种意义，最后他说出这些句子的**模式**。

当卡斯帕坐在摇椅里的时候，上面场外提词人为隐喻做准备所说的话起初又在重复着：因为卡斯帕很安静，现在这些话显得比较容易理解了，临近结尾时变得清晰易懂，然后过渡到下列的句子模式，这些句子模式早在这段话结束前就已经开始了：**每个句子都会帮助你前进：你靠着一个句子可以摆脱任何物体：如果你不能真正摆脱一个物体的话，一个句子会帮助你摆脱它，这样一来，你就真正摆脱它了：一个句子会帮助你摆脱任何其他句子，因为它可以取代其他句子的位置：门有**

两扇：真理有两面：假若门有三扇的话，真理也就有三面：门有多扇：真理有多面：门：真理：没有门就没有真理。你拍去自己裤子上的尘土：你打消自己脑袋里的想法：如果你拍不去自己裤子上的尘土，你就无法打消你自己脑袋里的想法。你说到头：你想到头：如果你说不到头，你就不能说出这个句子：我想到头。你看看：你想一想：如果你不能看一看，你就不能说出这个句子：我想一想：如果你不能看一看，你就不能想一想：

瞳孔是圆的恐惧是圆的如果
瞳孔消失了恐惧也就消失了
但是瞳孔在这儿恐惧也就在
这儿如果瞳孔不正直的话我

就无法说恐惧是正直的如果瞳孔不被允许的话恐惧也就不被允许没有瞳孔就没有恐惧如果瞳孔没有节制的话我就不能说恐惧不是在室温条件下产生的恐惧不像所允许的那样正直恐惧滴滴答答相反是微温的

你站着。桌子立着。桌子不是立着，它是被立起来的。你躺着。死者躺着。死者不是躺着，他是被平放的。假如你不会站，你不会躺，那你就不能说：桌子立着，死者躺着：假如你不会躺着和站着，那你就不能说：我既不会躺着也不会站着：

一个肥胖的男人是逼真的恐惧的汗水司空见惯如果一个肥胖的男人不逼真而且他恐惧的汗水不司空见惯的话那

么一个肥胖的男人就不会感到恐惧一个肥胖的男人就不会趴在地上那么我就不能说他既没有站着也不会唱歌

房间虽小，但是是我的。板凳虽低矮，但是舒服。判决虽严厉，但是公平。富人虽富有，但是随和。穷人虽贫困，但是幸福。老人虽年老，但是硬朗。名人虽闻名，但是谦虚。疯子虽发疯，但是无害。罪犯虽是渣滓，但不管怎样说也是人。残疾人虽令人惋惜，但也是人。异域人不一样，但这没有什么关系：

雪花纷纷扬扬，但自有其乐。苍蝇掠过水面，但恰到好处。士兵匍匐穿过泥潭，但心满意足。皮鞭啪啪地抽打在背上，但知道掌握分寸。马戏团小丑飞奔掉入陷阱，但与世界和解。被判刑者高高跃起，但不失理智。工厂大门嘎嘎作响，但很快就结束了。

指环既是一种装饰又是一件贵重物品。集体不仅是一种负担，而且也是一种乐趣。战争虽是一种不幸，但有时却无法避免。未来既黯淡又属于能干的人。游戏不仅可以消磨时光，而且也在为现实做准备。强迫虽可疑，但它能对人有益。艰难的青春虽不公平，但它能使人坚强。饥饿虽糟糕，但还有更为糟糕的。打架虽卑鄙，但你也须看到它积极的方面：

向日葵不仅营养丰富而且还分夏天和冬天。座位拐角虽然闪亮但它们不仅注定会让人渴死而且即使在白天观察时在度安逸的晚年。那些更好的解决方案不仅不值得去追求而且虽然惟我命是从但也会果断和坚决地拒绝任何干预。

桌子上餐具摆放得越可爱，你就越喜欢回家。空间越狭小，思想就越危险。你越是快乐地工作，你就能越早地找到自我。你登场时越自信，前进的脚步就越轻盈。彼此的信任越深厚，共同生活就越和谐。手越潮湿，整个人就越不可靠。住房越干净，居住者就越纯洁。越往南走，人就越懒：

屋顶上的木头越多，烤炉里的霉菌就越多。建有地下室的城市越多，煤矿坑里的迂回线路就越多。晾衣绳的颜色越浅，商业领域中自缢的人就越多。在群山中越是坚决地要求保持理智，大自然里弱肉强食的法则就越得寸进尺。

一个大花瓶立在地上，这是不言而喻的，就像一个小点儿的花瓶立在一个凳子上一样，也是不言而喻的，而一个更小的花瓶立在椅子上，也是不言而喻的，就像一个更小的花瓶立在桌子上一样，也是不言而喻的，而攀缘类花草立得更高，同样也是不言而喻的。幸福取决于成就，这是不言而喻的。绝望在这里找不到位置，这是不言而喻的：

面袋砸死老鼠，这是不言而喻的。热面包让婴儿过早地来到世上，这是不言而喻的。被扔掉的火柴引发出一种信任的表白，这是不言而喻的。

你从每一个物体身上都会获得新的东西。谁都不会袖手旁观。太阳每天都会升起。没有人是不可替代的。每一次建设都意味着和平。谁都不是一座孤岛。每一个勤劳的人处处都受欢迎。谁都不能逃避自己的责任。每一只新鞋刚开始都会让人不舒服。谁也没有剥削他人的权利。每一个有礼貌的人都是准时的。凡是自重自爱的人，谁都不会让别人为他工作的。每一个有理性的人走每一步时都会考虑到全局。谁都不能向他人指手画脚。每一个人都应受到尊重，也包括清洁女工。

每一枝开裂的秸秆都是一张投给进步力量的选票。没有一年举行一次的集市对所有的人都意味着安全。每一个滴水的龙头都是一个健康生活的例证。没有理性的胳膊会因为燃烧的商场而抬起来。每一台碰到死尸的钻机都相当于一门每分钟能发射六千发炮弹的连发火炮。

一只猫不是继续前行。一块石头不是完全得到满足的需求。一个稻草人不是死亡符号。逃跑不是平等。在路上拉一条线不是永久价值。

贫穷不是耻辱。战争不是游戏。一个国家不是一伙强盗。一套住房不是避难城堡。工作不是舔蜂蜜。自由不是通关证。沉默不是道歉。聊天不是审讯。

动物死亡；炮弹爆炸。如果动物不是死亡，你就不能说：炮弹爆炸：

狗在狂吠；指挥官在狂叫。

水位上涨；体温上升。如果水位不能上涨，就不会有体温上升。

雪崩滚滚；垂死者翻滚。

怒汉火冒三丈；雷声隆隆震响。没有怒汉，就不会有雷声隆隆震响。

旗帜招展；眼皮颤动。

气球鼓起；欢声高涨。没有气球，就不会有欢呼声高涨。

欢快的人咯咯地笑；沼泽在汩汩流淌。

躁动者坐立不安；被绞杀的人垂死挣扎。没有躁动者，就不会有被绞杀的人垂死挣扎。

烧柴发出劈啪声；骨骼发出咯嚓声。

流血呼天叫地；不公无法无天。没有流血，就不会有不公无法无天。

门弹开；皮肤爆裂。火柴燃烧；击打灼痛。青草抖动；胆小鬼战栗。耳光响亮；身体啪啪响。舌头舔舐；火苗上窜。铁锯刺耳；受刑者尖叫。云雀啁啾；警察鸣哨。
血流凝固；呼吸停滞。

情况就像是被描述的那样，这是不真实的；更确切地说，情况跟被描述的不一样，这才是真实的。情况的描述是惟一可能的情况描述，这是不真实的；更确切地说，还有其他描述情况的可能性，这才是真实的。对情况进行完全的描述，这与事实不符；更确切地说，对情况不作任何描述，这才符合情况。情况与事实相符，这是不真实的。

对情况的描述是惟一可能的情况描述，这是不真实的：更确切地说，相反还有其他描述情况的可能性，这才是真实的。卡斯帕跟着一直说到结尾。

你弯下腰；有人看到你；你挺起身来；你看到自己。你自己活动；有人回忆起你；你自己坐下；你在回忆。你使自己害怕；有人安慰你；

有人解释你；你赶时间；你
解释自己；你使自己不安：

我使自己平静。

你**已经**攥紧了拳头。

我**依然**在喊叫。

你**又**吸了口气。

我**已经**到场。

椅子**依然**立在它的位置上。

我**依然**站着不动。

一切都**依然**如故。

我**已经**清醒。

门**已经**被锁上了。

我的脚**已经**跺来跺去。

几个人**还**在睡觉。

我**已经**在耳语。

还会听到敲击声。

我**还**一丝未挂。

还有不听教诲的人。

我**已经**在外面。

有些地方**还**有人在动。

我**还**不信教。

我已经在跑步。

我已经夹紧脑袋。

我已经在听。

我已经明白了。

我已经知道了。

走过

毛重

轻松而喜悦

随手可取

没什么可以寻找

许多人已经把手放到头上。

个别人还在呼吸。

有人还在反驳。

还有一人在耳语。

又响起零零星星的枪声。

你

你

你

你

你

你

一种更好的生活

你

开心大笑

你

胜任一切

你

将会处处胜利

你

降低母婴死亡率

你

曾经处于领先地位

你

越来越广泛

你

摆脱

你

和平和未来

你

一种与世界的关系

你

把东西挪近

你

和平目的

你

不断成长

你

万不得已

你

仅仅出于保护

你

不可阻挡

你

伸展身子

你

顿足跺地

你

呼喊

你

曾经是和现在是

你

认出我来。

你知道你在说什么。你说你在想什么。你在想你感觉怎样。你在感觉关系到什么事情。

你知道关系到什么事情。你知道你想要什么。如果你愿意，你就可以为之。只要你愿意，你就可以为之。如果你非得不可，你就可以为之。

你只想做所有人想要做的事情。你之所以想做，因为你觉得迫不得已。你觉得你能够做到。你之所以非要为之，因为你有这个能力。

想什么就说吧。你只能说你心想的东西，仅此而已。你不可能**说**你并没有**想**的东西。想什么就说吧。如果你想**说**你没有**想**的东西，那你就得在同一时刻开始去**想**。想什么就说吧。你**可以**开口说话了。你**要**开口说话。当你开始**说话时**，你就会开始**想**你在**说**什么，即使你**打算想**些别的什么。想什么就说吧。说你没有想的东西吧。当你已经开始了**说话**时，你就会**想**你在说什么。你在想你在说什么，也就是说，你**能够**想你在说什么，也就是说，好在你在想你在说什么，也就是说，你**应该**想你在说什么，这既意味着，你**可以**想你在说什么，同样也意味着，你**要**想你在说什么，因为你不能想任何**别的**什么，而只能想你在说什么。想你在说什么吧：

现在的我就是过去的我。过去的我就是现在的我。现在的我就会是将来的我。将来的我就是过去的我。尽管是过去的我，但却会成为将来的我。尽管是将来的我，但却是现在的我。

只要是现在的我，那就是曾经的我。只要是曾经的我，那就是过去的我。在过去的我期间，那就是曾经的我。在曾经的我期间，就会是将来的我。

由于是将来的我，所以也是曾经的我。由于是曾经的我，所以也是现在的我。

由于是现在的我，所以也是过去曾经的我。由于是过去曾经的我，所以也是过去的我。没有过去的我，就没有将来的我，而没有过去曾经的我，就不会有将来的我。过去曾经的我是为了将来的我。而曾经的我是为了过去曾经的我。在曾经的我之前，是过去曾经的我。在过去曾经的我之前，就是现在的我。现在的我，才使我将成为曾经的我。我将成为曾经的我，才使我是过去的我。一旦我将成为曾经的我，那就是过去的我。一旦成为将来的我，那我就会是曾经的我。将来的**我**同时也是将会成为曾经的我。将会成为曾经的**我**同时也是曾经的**我**。我之所以是曾经的我，因为我将会成为曾经的我。我之所以将会成为曾经的我，因为我是过去曾经的我。我之所以是将会成为曾经的我，因为我是现在的我。

我是现在的我。

我是现在的我。

我是现在的我。

卡斯帕停止晃动：

为什么这儿有这么黑的虫子

在嗡嗡地飞来飞去呢？

舞台变黑。

28

一阵安静之后，舞台灯光又亮起来。这时，场外提词人也再次开始说话：

你有了模式句型，依靠它们，你可以左右逢源：通过把这些模式运用于你的句子，你就可以把一切看似无序的东西变成有序：你可以把它宣布为井然有序：每一个物体都可以是你所称道的物体：如果在你看这个物体和你谈论它出现差别时，那肯定是你弄错了：你要告诉自己，你弄错了，而你将会正确地看待这个物体：如果你不想马上对自己这么说的话，那么显而易见，你想让人迫使你，而且最终还是想这么说。

舞台上现在很亮。卡斯帕很安静。

29

你可以学习，并且使自己变得有用。即使没有止境也罢：你可以划一条界线。你可以感知：发现：在地地道道的无辜中变得细心：每一个物体都会变成一个贵重物体。你可以中规中矩地发展。

舞台上更亮了。卡斯帕更安静了。

30

你可以用句子使自己平静：你能够安静自如。

舞台上非常明亮。卡斯帕非常安静。

31

你已经开窍了。

32

舞台立即变暗了。

片刻之后：你会变得对肮脏敏感。

33

舞台亮起来，但不是很亮。卡斯帕静静地坐在摇椅里。第二个卡斯帕从一侧登上舞台，戴着同样的近乎脸型的面具，同样的着装。他登台时拿着扫帚，一上场就开始清扫起来。他快速地清扫舞台，而每一个清扫动作都很清晰，比如有聚光灯的照射。他走过去时也用扫帚把那柜门撞上，但是柜门很快又开了。他仔细地清扫沙发底下。在舞台的一侧边缘上，他小心翼翼地把脏东西扫成一堆。他穿过整个舞台，返回去取铁锹。他又穿过整个舞台折回来，把脏东西扫到铁锹上。他没能一下子把脏东西扫到铁锨上。第二下也没能把脏东西完全扫到铁锨上。因为他背向舞台移动，不是走直线，而是走“之”字形穿梭在那些物体之间，当然在这期间，他并没有打扰第一个卡斯帕。他继续试图把脏东西扫到铁锨上。他扫了又扫，直到消失在舞台后面。与此同时，舞台变黑。

34

片刻之后：注意，你在移动。

35

舞台亮起来。第三个卡斯帕从一侧登台，他陪伴着第四个卡斯帕。第四个卡斯帕行走十分不便。他拄着拐杖挪动，拖着双腿，非常非常缓慢，几乎让人觉察不到。第三个卡斯帕总是走得快些，但是每每都得等候，直到这个行走不便的卡斯帕赶上他。时间持续了很久。他们从前面穿过舞台，第三个卡斯帕比第四个更靠近观众。第三个卡斯帕部分适应第四个的步伐，部分迈着自己习惯的步子，不过可想而知，他得一再等候，因为他陪伴着第四个卡斯帕。两人就这样吧嗒吧嗒地穿过舞台，如前所述，简直慢得令人“无法忍受”。他们从第一个卡斯帕身边走过。当他们终于消失时，舞台也立刻变黑了。

36

片刻之后：你无法应对的东西，你可以用它来表演。

37

舞台亮起来。另外两个卡斯帕从不同的方向在舞台上彼此迎面而来。两人都想侧身而过。他们俩都朝着相同的方向避让。他们撞在一起。他们躲到另一方向。他们又撞在一起。他们又向第一个方向尝试。他们险些撞在一起。起初看上去笨拙和自然的动作，逐渐开始有了一种节奏。他们的动作变得更快，也更加均匀。他们不再撞在一起。最后他们只是动一动上身，最后他们只是晃晃脑袋而已。他们终于完全一动不动了。紧接着，他们彼此远远地、优雅地绕开对方，分别从左右两侧离场。在他们试图避让期间，第一个卡斯帕则试图将一幅摊开的地图整整齐齐地折起来。他没有如愿。最后他开始用手里的混乱来**表演**，也许是在拉手风琴。就在其他卡斯帕离开舞台的瞬间，地图突然以这种方式可以折起来了。舞台随之变黑了。

38

片刻之后：注意，一切又自然而然地变得井然有序：

39

舞台亮起来。另一个卡斯帕从一侧登上舞台。他站到沙发前，沙发上放着一个厚厚的垫子。他用拳头挤压垫子，然后退到一边去。通过投射到舞台后侧的影子，观众可以清晰地看到，那个被压瘪的垫子又非常非常缓慢地鼓起来。随着最后猛然一击，垫子终于又恢复了它最初的形状。舞台立即变黑了。

40

片刻之后：动作：

41

另一个卡斯帕从一侧登上舞

台。他手里捧着一个皮球。他把皮球放到地上，并且向后退去。皮球滚开了。这个卡斯帕走上前去，把皮球放好。皮球滚开了。这个卡斯帕把手放在皮球上按了许久。他向后退去。皮球滚开了。舞台变黑。

42

片刻之后：疼痛。

43

就在黑暗中，观众看到舞台上有两根火柴被划着了。当灯光亮起来时，最后那个卡斯帕坐在沙发上，以及原本坐在摇椅上的那个卡斯帕。他们用手指捏着火柴。火柴慢慢烧尽了。火苗烧到手指。两人保持平静。舞台变黑。

44

片刻之后：响声。

45

当舞台亮起来时，场地上只有第一个卡斯帕独自一人。他就站在那张大桌旁。他拿起盛水的宽口瓶，往放在旁边的玻璃杯里倒了些水。水的响声非常清晰，在剧场上层的楼座里也可以听得到。他停了下来。他把杯里的水很快又倒回瓶子里。他拿起瓶子，把瓶里的水慢慢地倒回杯里。水的响声更加清晰。当杯子倒满的时候，舞台变黑。

46

片刻之后：一个声音。

47

舞台亮起来，亮得比先前要快。这时，第一个卡斯帕站在桌旁，另一个卡斯帕站在舞台边上。他握着一个厚厚的纸卷，纸卷用一根橡皮筋捆着。他慢慢地将皮筋从纸卷上扯下来。橡皮筋弹出去。一个声音产生了。舞台随即变黑了。

48

片刻之后：一片景象。

49

就在黑暗中，观众听到一个响声。当舞台此刻亮起来时，舞台上又只有第一个卡斯帕独自一人。他坐在桌旁，桌子上放着盛有假水果的果盘。他手里拿着一个苹果，苹果的皮已经被削去了一部分。他继续削皮。果皮越来越长。就在苹果马上要削好之前，卡斯帕停了下来。他把苹果放到装饰水果上。果皮长长地垂了下来。

舞台变黑。

50

场外提词人一声不吭了。

51

舞台亮起来。卡斯帕站在桌子和柜子中间。他用一只手要掰开攥成拳头的另一只手，十分用力，一根指头接着一根指头掰，而另一只手则极力抗拒，越来越顽强。最终他将手掰开了。手里空空的。舞台变黑。

52

舞台又快些亮起来。另一个卡斯帕坐在沙发上。那个真正的卡斯帕注视着另一个。舞台变黑。

53

舞台又更快地亮起来。卡斯帕又独自一人在舞台上。他站在柜子前面，面向观众。舞台变黑。

54

舞台又更快地亮起来。卡斯帕自上而下打量自己。舞台变黑。

55

卡斯帕试图捉住自己。他首先绕大圈跑过舞台追逐自己，然后绕小圈呈螺旋形奔跑，直到他一边在原地打转，一边用手去抓自己。随后，他站在原地不动，只是用双手想在身体四周捉住自己——之后他安静下来，舞台变黑。

56

舞台又更快地亮起来。卡斯帕站在柜子前面，背朝观众。舞台变黑。

57

舞台亮起来。卡斯帕正要准备关上柜门。他按住柜门按了很长时间。他向后退了一步。柜门合住了。舞台变黑。

58

舞台亮起来。灯光非常明亮。卡斯帕背靠在柜子上。舞台看上去一片和谐。井然有序。一个独立的聚光灯照着卡斯帕。他摆出各种姿势来。他不停地变换胳膊和腿的姿势。比如他交叉双臂，一条腿伸向前，让双臂下垂，交叉双腿，把手插进兜里，先插进裤兜里，然后又插进上衣兜里，叉开双腿站立，最后双手交叉放在肚子上，两脚并拢，最终还是双臂交叉在胸前。他让两腿直直地并拢在一起。他开始说话：

我健壮有力。我诚实知足。我有责任意识。我勤奋、矜持和谦虚。我总是很友好。我没有太高的要求。我有一个自

然和讨人喜欢的天性。我谁见谁爱。我会应对一切。我愿意为大家服务。我对秩序的热爱和整洁从来都无可挑剔。我的知识出类拔萃。我能令人非常满意地完成所有交给我的工作。每个人都能给出关于我的如愿的信息。我热爱和平，品行端正。我不是那种在区区小事上斤斤计较的人。我文静、有责任感和接受能力。我能对每一件好事都激情满怀。我想进步。我想学习。我想使自己变得有用。我对长度、宽度和高度都有认识。我知道问题的关键所在。我富有情感地跟物体打交道。我已经习惯了一切。我感觉好些。我感觉挺好。我可以走向死亡。我的头脑变得明朗了。我终于可以独立自主了。我想展示自己最优秀的一面。我不责怪任何人。我笑口常开。我没有不能理解的事。我没有什么与众不同的特点。我在笑的时候不会露出上齿牙龈。我左眼下方没有疤痕，右耳后根没有胎痣。我对公众无害。我想当其中的一员。我想一起参与。我对业已取得的成就感到骄傲。我眼下生活无忧无虑。我有能力接受审讯。呈现在我前面的是一个新的征程。这是我的右手，这是我的左手。万不得已时，我可以钻进家具堆里。我向来的愿望就是**参与其中**。

他离开柜子，走了一步或者两步，柜子关着：

如果以前我觉得，仿佛自己根本就不存在，那么现在的我几乎就太多了，那些以前过多存在的物体，现在对我来说几乎又变得太少了。

此间他继续缓慢地向前走去。柜子关着：

以前遭受句子的折磨

现在我对句子不厌其烦

以前遭受词语的折磨

现在我和每一个字母玩游戏。

他停住脚步：

如果说以前只有人家问到我时，我才会开口说话，

那么我现在会主动说话，但是现在

我可以等着不说话，直到有人问到我。

他继续走了一步或者多步：

以前每个理性的句子对我来说都是一种负担

每个理性的秩序都令我深恶痛绝

可是后来

我变得理智了。

他走了一步或者也没走：

以前我撞翻了一把椅子，然后是第二把，然后

是第三把：

现在，随着秩序的出现，我的习惯变化了。

他走了大约一步：

我沉默
我想现在
不再是别的人
不再有什么会煽动
我跟自己较劲。
每一个物体
对我来说都变得
容易接近
而我也变得容易
接受任何物体。
我现在知道我想要什么：
我想
保持
沉默
而每一个
对我来说阴森可怕的物体
我都把它看做是我的
以便它不再
让我觉得阴森可怕。

他从舞台一侧退场，但是走了几步之后又返回来，装作好像还有什么话要说的样子。他什么也没说。他又走开了，这一次多走了几步，但是又稍稍返回来，装作好像还有什么话要说的样子。他什么也没说。他几乎已经退场，但是又往回走了一两步，装作好像还有什么话要说的样子。他什么也没说。然后他快速退场。在此刻空无一人的舞台上，柜门又非常缓慢地打开了。当敞开的柜门到达尽头时，舞台一下子变黑了，而观众席一下子变得十分明亮。剧场休息。演出大厅的门被打开了。

59

过了一阵子，无论是在观众席上，还是在整个休息大厅里，甚至有可能直到剧场外面的马路上，观众通过所有的扩音器听到了**休息台词**，起初半高不低，几乎无法理解。这些台词包括场外提词人的磁带录音，间歇插入的响声，以及**真正的**政党领导人、教皇和各类新闻发言人，还有国家总统或总理，或许还有**真正的**诗人在某些场合讲话的原声录音。那些句子没有一个是完整的，总是被别的残句补充和替代。虽然观众理所当然的聊天没有受到阻碍，但时而还是受到些许干扰。有几个观众干脆就一边听着，一边享用自己的饮料，至少在用一只耳朵听。台词也许就是这样的：

（响声，可能是玻璃杯发出的叮当声）摆脱当今的一切残渣余孽我们说了算。盈余低于那确定无疑的试金石所表明的。生活平均而言提高了。（玻璃杯更大的叮当声）昔日并非不合理的要求如今对许多人来说来得突然和太早。如果我们不可救药的话我们则需要更大的勇气。一场新的民众大逃亡比一次从未发生过的谋杀更重要。健康的强硬常常被错误地忘记。我们要一直工作到最后连一个人都不剩。人们不仅要无所事事地站着而且还须拆毁围墙。（一辆大卡车驶近又远去的响声）批评本身会损害每一次振奋人心的进步无论它怎样出击也罢。边界应该谨防牧群。这一个个事件旨在毫无保留地点燃它们。没有死亡就没有前进也没有后退。饥饿于事无补不能纠正任何人的看法。（此间一把大电锯的锯片开始空转起来，与此同时，响声越来越大）过去一段日子里声音越来越大它们难以自娱自乐。那些天平趋向于末日尽管每个人都准备着成为牺牲品。我们要与鼠害达成一个让双方皆大欢喜的结果。每个人站在橱窗前时都应该最终仔细地听一听。有必要对这个概念世界进行符合每个要求实际情况的探讨。任何人都不能以此为依据来丑化形势。总而言之！（电锯锯片触及木料，发出尖锐刺耳的吱吱声；但是这种响声很快就过渡为一种潺潺的流水声）没有什么走向外界的东西会因此而成为一幅讽刺画。人性的东西好像是无法被剔除的。我们永远存在的条件是我们不能让不负责任的人群剥夺我们洞察那称之为世界的公愤的目光。每一次宣战都针对每个已经忍耐到极限的耐心。善意的劝说无须顷刻之间用水平尺来终结。每个人都受到如此深远呼唤要恰如其分地称谓事物。警方总是感到为难因为它要为自己辩解。我们大家都对迟到的白昼不是完全没有责任。（喧嚷声，吹哨声，踩踏声，波涛声）一个持怀疑态度的交易所最好是逃之夭夭。我们至少想让雇员不是作为一等人补缴税款尽管也有一些要求中止的说法。放肆本身还不是勋章。难民理所当然要得到帮助但是光着脚逃跑不属于我们解决问题的范围。我们懂得使用玻璃杯以及更多的东西。当天色突然变暗时穿制服的人就知道困难之所在。只要关系到那卑劣的整体法官的更衣室便令人窒息。我们大家都想以事关重大的十分严肃行动起来。（一支足球拉拉队的呼喊声越来越高涨，这呼喊声突然又唉声叹气地中断了，然后又越来越高涨，随之过渡为一种富有节奏的起伏）抱怨比给自己买一套称心如意的住房更容易。我们不假思索地使每一个志同道合者的头部和胸部遭受伤害。

宾客享受款待的权利不仅不应是过时的概念而且除此之外还要触及灵魂深处地指出这一点。气管里的一把螺丝刀是对某些总是履行他人义务的人一个合适的奖赏。每一个洁身自好的人都会在钓鱼时失去理智。我们要容忍每一个撼动基础的人。(一辆汽车的急刹车声，同时一辆消防车喷洒的水柱声。)聚会转变为任何一种形式的群众集会无异于为一个盲人贴上一剂聊以慰藉的膏药。沙盘里的战争已经夺去了一些活死人的性命。思想和行动一致的人只能使持不同意见者的脖颈变得强硬。谁都不该遭遇将自己夷为平地的命运。生活以前虽然更加和睦但是它现在反而不再是点燃的旺火。(经久不息的工厂警报声和雾笛声)凡是财产所有者说过的便越发微不足道地针对皮肉之苦。每一个盲目杀戮的人都在给自己演示一些至少令人可疑的东西。抗议小麦供应的人必然也会抵制转变观念。我们看重自由决定的力量胜于对游泳的人某些煽动的追踪。有保障的生存感受大大地促进了那些富有裨益的交谈永远都不会停止。直到此时此刻则对那些自豪地龟缩在自己的角落里的少数派还谈论得太少。(在石板地上推动椅子的响声)凡是昔日被禁止的东西如今都变得老谋深算。每一个外表秩序都使一种安静适度的思想交流成为可能。我们把“既不——也不”看做是自由人的标志。当一个死者面呈草绿色而坚持挣扎时我们大家都要致力于理解。谋杀不是非得要与高空俯冲画等号！一个三度烧伤会堵塞任何一台自动汽油加油机。(马儿踢踢踏踏的奔跑声，同时还有多种座椅翻起的声音、马路噪音、摔门声、打字机声）没有人会毫无原因地被打得准备告别。对地产的权利无需详细说明。一种放松练习从远处看相当于夹在两腿间的一根棍棒。如果以前每一个自杀者都是左撇子的话那么现在规则都统一了。没有任何一次战斗间隙让你有时间去数牛棚顶上熟睡的苍蝇。一个人孤零零地爬到教堂塔楼顶上无异于一场骚乱。如果你独自面对一个暴徒的话那你自己也就是暴徒了而你如果四个或六个面对一名暴徒的话于是这个暴徒自觉地变得温和而你自己也是温和的。(就在此前，各种响声已经过渡为失真的音乐，就像一张唱片在以过慢的速度被播放时产生的声音一样；这里所使用的是一种非常单调、有节奏的音乐。在此期间，水流被逐渐拧大，然后按动抽水马桶，或许还夹杂进剧烈的喘息声，然后是皮鞭声，突然就像是一个笑话引起的哄堂大笑声，在一些宴会上可以听到的女人的笑声：但是在这整个期间里，观众始终听着那些播放的台词，尽管相当令人费解：接着是短暂的安静，然后又是各种声音和台词，接着是一阵子安静，然后不过是下面的台词）一张摆得精美的桌子。一切都井然有序。你干什么都不仓促行事。你帮助随行女伴挂上衣服。桌面上的彩色台布能让人喜悦。右边放着餐刀。左边是餐巾盒。盘子放在中间。盘子的右后方是杯子。杯子前面放着餐刀。手巾挂在餐刀右边。你的手指放在手巾上。手巾右边放着一个包扎箱。菜盘从左边端上来。汤碗从右边端上来。饮料从右边递过来。你给自己点的一切都从左边端上来。上菜从右边开始。你坐在中间。盐瓶子放在左边。勺子挨着餐刀放在右边朝外的地方。勺口朝上。两边都有把子。你的手放在桌上。餐刀刀刃朝左。从你的位置看去，对面的人的心脏在右边。杯子放在盘子右边。你在小口地喝。来自下面的击打更有效。花束放在桌子中间。叉子放在盘子左边。你不能把白花送给垂死的人。你基本上坐得笔直。那个年长者躺在右边。那束花并没有遮挡住你打量对面人的目光。蛋糕盘放在每一个座位中间。煤块堆在桌子底下。你没有把头枕在胳膊上。你总是在找友好的话说。一个谋杀事件的牺牲品躺在每一个座位中间。烛台立在桌子中间。衬衣上的污点司空见惯。餐刀从盘子上滑落并不少见。你邻座的手放在餐刀上。你吃饭时没有噎着。你环顾左右跟人聊天。（一阵啪啪响，那节奏过慢的音乐声又开始了，起初让人根本无法辨别出是音乐来。房屋倒塌，炸弹爆炸，但是都相当遥远；连篇废话逐渐被各种响声弄得无法理解，最后被完全排挤掉了；在此期间，观众也已听到各种铃声，既有磁带上的钟声、打鼓声、敲锣声、工厂警报声，也有**真正的**、把观众召回观众席的**剧场**铃声）

60

当观众席上的灯光再度戏剧化地熄灭的时候，开放的舞台又变得适度明亮。对观众而言，那些物体**自我**显现得井然有序，跟在休息前一模一样。柜子敞开着。在后面的沙发上已经坐着两个卡斯帕，相互挨得很近。他们的行为很安静。那些面具现在是一副满意的表情。一阵安静之后，场外提词人开始朗诵，声音响彻整个空间：

61

在用强硬手段干预时
人们
从来不会像
拍去地毯上的尘灰时
那样镇定自若
一滴有规律的水珠
掉到头上
不是你
抱怨缺乏秩序的理由
嘴里喝一口酸水
或者朝肚子上踹一脚
或者将一根木棍
插进鼻孔并继续
往里捅
或者类似的东西
没有装饰
只是更尖
往耳朵里
穿进去

千方百计
尤其是
不择手段
催促某个人快点儿
中规中矩
这不是
评论秩序缺失的理由：
因为
在使人中规中矩时
你好歹都会让
别人唱起歌
然后你会
在一切都被弄得井然有序
以及一切刚刚笑过的东西
遭到了嘲笑时
自己唱起歌来
而在用强硬手段干预之后
当拳脚再也无事可做时
则可以拍去地毯上的尘灰而
求得平静。

第三个卡斯帕拿着一个用包

装纸包起来的包裹，从一侧登台并坐到沙发上，规规矩矩地挨着另外两个卡斯帕，包裹放在膝盖上。

当一切都被弄得井然有序时
你就会不那么安静
和中规中矩
就像后来
如果你——
自己通过那施加给别人的
痛打而使打人有章法的
话——
以问心无愧的良知
希望
和能够享受
这个被弄得井然有序的世界。

第四个卡斯帕登场，拿着一个类似的包裹。第三个卡斯帕在自己和另外两个卡斯帕尔之间腾出一个空当。第四个卡斯帕坐到空当里，包裹放在膝盖上。所有四个卡斯帕都一声不吭。

在用强硬手段干预时
你就会出于理性去思考
不会想到未来
但是在战斗之间的
间歇里
会想到那个秩序井然的时代
这就是福祉之所在
为的是
一记过于无规矩的踢踹
不会在再次应对
打击时
促使
将社交病患者的
思想
以后
当他感到适应的时候
引向错误的方向。

第五个卡斯帕登场，拿着一个类似的、或许更大的包裹。第三个卡斯帕站起来。第五个卡斯帕坐到第三个卡斯帕位子上。第三个卡斯帕朝外挤，坐到第四个卡斯帕身旁尚且空着的位子上。第五个卡斯帕把包裹放在面前地上。所有五个卡斯帕都一声不吭。

然而
如果
在用强硬手段干预时
心脏停止跳动
拳头
将挨打者的气息
从肺里
不过（为了再次使用这个图像）
就像从地毯上
拍去灰尘那样
挤出去时
如果你将被奴役者的舌头

不过（为了再次使用这个
图像）
像地毯的流苏一样
拽直的话
那么不公正
才真正发生：
因为
在用强硬手段干预时
你就不能如此安静
就像拍去地毯上的灰尘时
那样
在堵嘴时
你无疑会心神不安：
为了过后不会变得心神不安：
在用强硬手段干预时心脏
停止跳动对打人者来说是
不好的：
因为
每个在用强硬手段干预时
手理所当然发过抖的人
都是缺乏经验的

更有甚者
他后来简直就是无可指责：
这样地球上就会充满太平。

那个真正的卡斯帕打眼看上去与所有其他的卡斯帕一模一样，他以很有把握的动作穿过后方的幕布，并没有寻找幕布上的缝隙。他的面具也显出一副满意的神情。他迈着像是去鞠躬的坚实步伐，因为他巧妙地避开所有的物体，走到前面摆放麦克风的地方。他在麦克风前停住脚步。所有六个卡斯帕都一声不吭。

那些被弄得中规中矩的人
——并没有自我
封闭
和逃避
社会——
现在应该真正致力于

不用强迫和打斗
依靠自己的力量
指明新的道路
因为他们
在寻求适用于所有人的句子：
他们**无法**选择
他们**要**选择
而且没有空话
和套话
向其他人讲述
真相本身：
其他人也
应该终于能够想要
他们自己
现在希望应该能够得到的东西。

62

卡斯帕站在麦克风旁，现在开始说话。他的声音变得与场外提词人的声音非常相似。

好久以来
在世上
我什么都理解不了
对理所当然的事情
我感到吃惊
觉得一切有限的东西
或者无限的东西
很可笑
每一个物体都令我害怕
整个世界都令我不感兴趣
我既不想是我自己
也不想是其他任何人
自己的手
对我来说很陌生

自己的双腿
独自行走
我睡得
深沉
睁着
双眼：
我没有知觉
犹如一个醉鬼
希望
自己毫无用处
尽管我就应该这样
每一个景象都令
我毫无兴致
每一个响声
都将我
愚弄
每一个新的步伐
都让我
作呕并使我胸口
有被吮吸的感觉
我跟不上步伐

我自己遮挡住
我的视线
我不明白
面对所有这些乱七八糟的句
子
我永远都弄不清楚
它们是针对我的
在我开始
来到这个世上之前
我意识不到在我周围
发生了什么。

他安静了一阵儿。后面沙发上的那些卡斯帕也都相当安静。

外面的
噪音
和喊叫
我看做是一种呼啸
还有我内脏深处的咕噜声：
我无法
区分任何东西

我不得不遭受这样的折磨：

三不

大于二

当我晒太阳的时候

天下雨了

而当我

在太阳底下大汗淋漓

或者在奔跑中浑身发热时

就用一把雨伞来应对汗水

我无法区分任何东西

分不清热与冷

分不清白与黑

分不清昨天与今天

分不清新与旧

分不清人与物

分不清祈祷与亵渎

分不清抚摸与踢踹

我觉得

每一个空间

都是平面的

我几乎还没有

醒来
那些平面的物体就
如同幻影向我袭来：
它们抵抗我
所有陌生的东西
仿佛都在审讯我
那些无法区别的东西
迷惑我的双手
使我变得野蛮
以至于我
在那些物体中
迷路
搞错
并且
为了找到出路
毁坏了它们。

他安静了一阵儿。后面沙发上那些卡斯帕也都相当安静。

我降临人世
并非按照时钟

而是因为

坠地时的

疼痛

帮助我

在我和那些物体之间

插入

一根楔子

并且把我口齿不清的说话

最终彻底清除：

于是疼痛终于

驱除了我混淆的毛病。

我学会用词语去填塞

所有空虚的东西

学会谁是谁

学会用句子去平息

一切喊叫的东西

不再有空空的盆钵

迷惑我的头脑

一切都顺从我的意愿

我永远

不再

害怕

一个空空的柜子

空空的箱子

空空的

房间

我不害怕

出去走到野外

对墙上的

每一道裂缝

我都有句子

作为权宜之计

它们帮助我

不让情况变得更糟：

他现在提高嗓门。灯光变得更亮了。其他卡斯帕依然保持安静。

每个人都要自由

每个人都要在场

每个人都要知道自己想要什么

谁也不许
惦念或
拒绝训练
谁也不许一大早就恨自己
每个人都要过自己的生活
每个人都要尽其所有
每个人都要实现自己的目标
谁也不许
为达目的而肆无忌惮
谁也不许站在角落里
每个人都要
能够
正视他人
每个人都要把他的东西给予
他人

沙发上的其他卡斯帕开始发出古怪的声音，其意义含糊不清。观众听得出风格化的抽噎的含义，一种模仿的风声，咯咯笑声。

每个人都要

经受得住考验
每个人都要对事物
寻根究底
每个人都要对他人
严加防范
谁也不许盲目地
轻信他人
每个人也要
看到他人身上好的一面
谁也不许
无论对谁都随心所欲
每个人都要
服从领导
谁也不许散布
针对他人的
谎言

观众也听到后场传来的窃窃私语、呱呱叫声、模仿的枭声、悲叹、用头音的歌唱，部分就在这一个卡斯帕说话的同时。

每个人都要自我锻炼
谁也不许与他人
争执
每个人也要关心
他人
每个人都要
想着明天
每个人都要
感到安全

观众听到舞台后面发出叽里咕噜声、芦苇的哗啦声、响亮的笑声、嗡嗡声、唧唧声、隆隆声、一声刺耳的尖叫。

每个人都要饭前
洗手
每个人都要在狱中
掏空口袋
每个人都要清扫
自家门前
谁也不许

唯他人之命是从

每个人都要

关心他人

每个人都要梳好头后

出现在饭桌旁

谁也不许

让其他人呻吟

和哭泣

每个人都要助人为乐

谁也不许喝托盘里的

咖啡

每个人都要向他人示意

每个人都要给自己剪指甲

谁也不许

败坏他人的生活情趣

谁也不许把干净的桌布

弄脏

每个人都要擦净鼻子

谁也不许用玩笑

诋毁

他人的声誉

谁也不许嘲笑他人

谁也不许在葬礼上

刺激他人

谁也不许给卫生间的墙壁

乱涂乱画

谁也不许将法典

撕得粉碎

每个人都要认真倾听他人

每个人都要能够

设身处地为他人着想

每个人都要向他人

道出自己的名字

在此期间，后场的响声和动静越来越大，以至于前台的卡斯帕不得不一再提高自己的嗓门。在他的短诗接近尾声的时候，尽管其他卡斯帕还在静静地坐着——只是吹出颤音，轻声咳嗽，像鸟儿一样啁啾，叽叽喳喳，呻吟，喘息等等——后台的响声让前台卡斯帕说话的声音变得如此之大，以至于他的话像是雷鸣般的结束语。

63

后台的那些卡斯帕暂时保持安静。前台的卡斯帕开始唱起歌来，或许用的是头音。场外提词人逐渐插入其中，以卡农曲的形式，但是没有如愿。他们唱得又细小又美妙，这使得卡斯帕的唱词始终明了易懂。卡斯帕作为信仰者在歌唱。

谁也不许用牙齿
去咬叉子
谁也不许在饭桌上

提及凶手的名字
谁也不许公车
私用
每个人都要知道报答他人
谁也不许把他人
称作另外一个人
谁也不许不报户口就
居住
每个人都要在回家的路上
才买沉重的物品
谁也不许嘲笑任何人
就因为他的嘴唇厚厚的
谁也不许随便拍拍
人家的肩膀
谁也不许随便将一把刀
插在人家的两肋上
每个人都要在光天化日之下
将警察称为警官先生

后场那些卡斯帕开始跟着唱起来，但是唱的不是歌词，只是各种响声。他们也不是在唱，而是在尖叫，吹奏，反复哼唱，呜呜叫，擤鼻涕，唾沫在嘴里吧唧吧唧地响，愉快地叫唤，破口大骂，打嗝儿，大声松口气，哀泣等等：所有这些都配着歌唱的节奏。他们现在的声音也慢慢地越来越大。

任何家具都不许沾上灰尘
任何一个挨饿的人都不许
排队等候
任何一个青少年都不许
游手好闲
任何一根豆蔓
都不许达到
高压线的高度
任何一面旗帜都不许
沿着错误的方向飘扬
任何美德都要首先
在工作中产生
每一只恒温动物

都要避让

蜕皮的动物

每一个意思欠佳的词语

都要被删去

后场那些卡斯帕的动静更大了。其中一个从包裹上拆开哗啦作响的包装纸，从包裹里取出一把锉刀，开始锉起指甲来。另一个也拿起自己的包裹重复了同样的动作，只是响动更大，他随后从包裹里取出一把更大的锉刀，也开始锉起指甲。这些响声都可以听到。

别把胳膊肘支在桌子上

用刀

切鱼

别用手指

指向其他食客

别把勺子边

对着嘴巴

别往疲惫的双眼上
贴创伤膏药
别生食松露
监禁每一个粗野的家伙：
防止矛盾

前台的卡斯帕又说道：

要想人不知
除非己莫为
每一根真正的手指
是用来舔东西的
每一列正点的火车
是准时要出发的
每一个真正的人
对一切都了如指掌
每一粒真正健康的果实
是要制成罐头的
所有无关紧要的东西
统统都不值一提

场外提词人演唱着他的说词，其他卡斯帕在吱吱尖叫，犬吠，模仿下雨和风暴，鼓起腮帮子将嚼烂的口香糖吹爆，不胜枚举。

64

他停止说话。一片寂静。然
后卡斯帕说道：

我刚才
到底
说了些
什么呢？
要是我知道
我刚才所说的
是什么的话
那该有多好啊！
要是我知道
我刚才说了些什么
那该有多好啊！
我刚才所说的
是什么呢？
我刚才
到底

说了些
什么呢?
刚才
谈论的
到底
是什么呢?
要是我知道
我刚才说了些什么
那该有多好啊!
我刚才
谈到的
到底
是些
什么呢?

就在他向自己这样提问的时候，他也像其他卡斯帕一样，开始咯咯地笑或是发出类似的响声。与此同时，场外提词人也唱完了他之前说出的诗句。卡斯帕比如说用食指弹了弹麦克风。一声尖厉的哀号声随即产生了。所有的卡斯帕，当场外提词人唱到尾声时，最终制造出一种真的有感染力的笑声。最后，在咯咯的笑声和叹息声中，这个说话的卡斯帕和其他卡斯帕都逐渐安静下来。观众听到两个或者三个卡斯帕锉指甲的声音。

前台的卡斯帕说道：

每一个句子

都是给猫的

每一个句子都是给

猫的

每一个句子都是给猫的

一片安静。

他开始不押韵地说起话。

一个聚光灯照着他。

我曾经为自己迈出的第一步感到自豪，但是为第二步却感到羞愧；同样我曾经为在自己身上发现的第一只手感到自豪，但是为第二只手却感到羞愧；我对所有一再重复的东西感到羞愧；可是我却对自己说过的第一个句子就已经感到羞愧，而我对第二个句子则不再感到羞愧了，并且很快就适应了接下来的句子。我曾经为第二个句子感到自豪。

在我的故事里，我想用第一个句子仅仅制造响声，而我则想用下一个句子引起人家的注意，同时我想用下一个句子**说话**，同时我想用下一个句子**听**自己**说话**，同时我想用下一个句子使**其他人**听到我在说话，同时我想用下一个句子使其他人听到我在说**什么**，同时我想用下一个句子使其他**也**在说一个句子的人让人听而不闻，用这个故事的倒数第二个句子才来**提问**，用这个故事的最后一个句子才开始问，**其他那些**被听而不闻的人究竟说了什么，与此同时，我说着自己的句子。

我见过雪，也抓过雪。随之我说了这个句子：我也想成为那样一个别人曾经是那样的人，我这样说想表达的是，为什么雪在手里竟然刺痛我。有一次我在黑夜里醒来，什么也没看到。然后我就说道：我也想成为那样一个别人曾经是那样的人，我这样说想表达的是，首先，为什么整个房间都被清理一空了，其次，因为我看不到我自己，为什么人们将我和所有属于我的东西**隔开来呢**，然后，因为我听到有人，也就是我自己在说话，于是我又说道：我也想成为那样一个别人曾经是那样的人。——我这样说想表达的是，我倒很想知道，谁还在发表议论取笑我呢。后来有一次，我向野外看去，那儿闪着绿油油的光芒，我便冲着野外说道：我也想成为那样一个别人曾经是那样的人。——

我想用这个句子向野外发问，为什么我的双脚竟如此疼痛。我也注意到一块活动的帷幕。然后我就说道，但并不是冲着帷幕：我也想成为那样一个别人曾经是那样的人，并且我这样说想说的是，但并不是对着帷幕；我也不知道是对谁说，为什么所有的抽屉都是敞开的，为什么我的大衣总会被门夹住的。我也听到有人在上楼梯，楼梯被踩得嘎吱嘎吱响，然后我对嘎吱声说道，我也想成为那样一个别人曾经是那样的人，我这样说想表达的是，什么时候我的头脑又会变得轻松呢。还有一次，我让一个盘子落地，但是盘子并没有摔碎，然后我就呼叫着说：我也想成为那样一个别人曾经是那样的人，我这样说的意思是，我在这个世上没有什么可怕的，然后我又说道：我也想成为那样一个别人曾经是那样的人，我这样说是想让人明白，还是有一些东西能够令我害怕，比如说一根断裂的冰柱；然后有一次我不再感到疼痛，于是我就大声喊道：我也想成为那样一个别人曾经是那样的人，我这样说是想告诉每一个人，我终于不再感到疼痛了，可是后来我又感到疼痛，于是我就对每一个人耳语道：我也想成为那样一个别人曾经是那样的人，我想这样说大声对每一个人说，相反我不再感到疼痛，我一切正常，这样一来我就开始撒谎了；我终于对我自己说道：我也想成为那样一个别人曾经是那样的人，我这样说是想知道，我对自己说的这个句子到底意味着什么呢。

因为雪曾经是白色的，而且因为雪曾经是我见过的第一个白色，所以我就把一切白色的东西都称之为雪。有人也送过我一块白色的手帕，但是我以为它或许会刺痛我，因为当我抓白雪时，它刺痛过我的手，于是我不碰那块手帕，并且当我知道“雪”这个词时，我就把那白色的手帕称之为雪：可是后来，我也知道了“手帕”这个词，而当我看到一块白色的手帕时，我始终还在想着“雪”这个词，尽管我说的是“手帕”这个词，由此我才开始回忆了。但是一块棕色或者灰色的手帕就不曾是雪。同样一片棕色或者灰色的雪也不曾是雪，而是我见过的第一个棕色或者灰色，比如说一堆粪便或者一件毛衣。但是一面白色的墙壁曾经是雪，同样，如果我长时间盯着太阳看，因为我看到的只有白色，简直一切都成了雪。最后出于好奇，我甚至将“雪”这个词也用于了一些不是白色的东西，就是要看一看，这些东西会不会变成雪，由于我说了“雪”这个词，况且即使我不说“雪”这个词，那么我还是在想着它，或者至少每每看到时回忆起来的如果不是雪，但毕竟会是“雪”这个词。甚至在入睡或者在狭路上行走或者在黑暗里奔跑时，我也口口声声不离“雪”这个词。可是终于到了这样的地步，我不仅不再相信关于雪的词语和句子，而且也不再相信雪本身，不管它是积雪还是下雪，认为它既不真实也不可能，无非是因为我不再相信“雪”这个词罢了。

风景当年曾经是一扇被涂抹得五颜六色的百叶窗。自从我有一次在地上看到一把椅子的**影子**之后，从此我就把一把**翻倒**在地上的椅子总是视为这把椅子的**影子**。每一个运动都曾经是一种**奔跑**，因为我当时首先打算**奔跑**和**逃离**；就连在水里游泳也曾经是一种**奔跑**。跳跃曾经是一种朝着错误方向的奔跑。就连跌倒也曾经是一种**奔跑**。每一种**液体**，即使它静止不动，都曾经是一种**可能的奔跑**。当我感到害怕，各种物体很快就**跑开**了。但是夜色来临在当时就变得浑浑噩噩。

当我不知道去哪儿时，人们就向我解释说，如果我不知道去哪儿，那就是我感到害怕，由此我学会了害怕；当我看到红色时，人们就向我解释说，我怒火中烧；可是当我想要躲藏起来时，我就感到羞愧；当我跳跃起来时，我就感到高兴；可是当我忍不住时，我就有一个秘密或者为什么事情感到骄傲；当我几乎要离开人世时，我就起了恻隐之心；可是当我左右为难时，我就绝望了；当我不知道脑袋长在什么地方时，我就困惑了；可是当我呼吸困难时，我就惊慌了；当我面如死灰时，我就害怕死亡；可是当我搓手时，我就感到心满意足；当我说话结巴时，人们就向我解释说，如果我说话结巴，我是很幸福的；当我说话结巴时，我很幸福。

在我学会了说“**我**”这个词之后，人们好久都要用“**我**”这个词来和我搭话，因为我不知道，用“**你**”这个词实际上就指的是我，因为我毕竟就叫“**我**”；同样，在我已经明白了“**你**”这个词之后，我好久装作好像我不知道这指的是谁，因为什么都不明白让我好开心；这样一来，当人家说出“**你**”这个词时，我同样很开心，每次都做出回应。

如果我不理解一个词的话，我就会把它说两遍，然后再说两遍，这样它就不再令我厌烦了我说过：战争，战争；碎片，碎片。我说过：战争，战争，战争，战争；碎片，碎片，碎片，碎片。

后场那些卡斯帕中的一个此间从他的包裹里取出了一把大锉刀，在他的包裹上锉了一下。然后他开始也在邻座的卡斯帕身上锉来锉去。锉刀的响声是那种让人听了**非常难受**的声音。所有的卡这样一来，我就适应了这些词。

我起初看到了一个人。后来，在我看到了这一个人之后，我又看到了好几个人。对此我感到好惊讶。

我见过什么东西闪亮。因为它如此闪亮，我就想拥有它们。我想拥有一切闪亮的东西。后来我也想拥有不闪亮的东西。

我见过有人拥有一些东西。我也想拥有这样一些东西。后来我也想拥有一些东西。

在我醒来之后，我就吃过了。然后我玩了也说了，直到我再次入睡和再次醒来。

斯帕都在适当的身体部位穿着与锉刀、钢刀、铁钉以及类似的工具为伍的材料，能够发出所有可能的、令人毛骨悚然的响声。直到此刻，只是短暂地听到了这些响声中的一种。众卡斯帕身上这些合适的材料包括泡沫橡胶、纸板、铁片、石块、石板瓦等等。所有这一切都放在包裹里。就连那些在将包装纸揉成一团时发出的响声也能够派上用场。紧接着，响声越来越频繁，强度越来越大，因为后场所有的卡斯帕都逐渐开始用锉刀、钢刀、石笔、铁钉、手指甲又是攻击包裹，又是彼此攻击，与此同时，他们也逐渐站起身来扭成一团。但是每一种响声都清晰可辨：没有有一次我把手插进兜里，然后就再也拔不出来了。

有 次，我觉得每一个物体都像是发生了什么事情的证据，可是证明什么呢？

有一次（他试图吞咽）我就是咽不下东西。

有一次（他试图打喷嚏）我就是打不出喷嚏来。

有一次（他试图打哈欠）我就是打不出哈欠来。

一个响声是不加选择地被制造出来的；再说这些响声并未使前台卡斯帕的说话变得不清，相反却使之更加清晰。

响声变得越来越详尽。比如说出现这样的响声，一扇被卡住的门从石板地上蹭过去。一只马戏团里的北极熊张着利爪从金属滑梯上滑下来。一个雪橇滑板从雪地上滑行到碎石路面或水泥地上。粉笔或手指甲在黑板上滑脱了。餐刀滑落在盘子上。

每个人都拖着金属鞋跟在大理石地面上行走。一把铁锯切割刚砍倒的湿木头。手指甲划过一片窗玻璃，布料撕裂。举不胜举（任想像驰骋，但不要过度）。由于这

有一次（他试图努力把下列句子说到头）

——其他人跟踪……我取出……没有人战胜……那些物体是……我驱赶……没有人抚摸……其他人冲锋……那些物体有……没有人飞奔……我撞……其他人指……那些物体被……我挪动……其他人拉扯……没有人低下……那些物体是……那些物体有……其他人擦拭……没有人击打……我拖拖踏踏走……那些物体被……没有人节制……其他人得到…… ——我无法把一个句子说到头。

Einmal habe mich mich…

einmal habme mich mich…

Eimal habme mich mim…eimal hame mim mim…meinam

些卡斯帕彼此制造出这些响声，再加上把这些包裹连同其中各种各样用于这些目的的物体（泡沫橡胶等等）捅来捅去、剪来剪去，等等，他们从台后一步一步地来到前台。

Mame m：m m：m…

——有一次，我说错了话，

所有的人都盯着看。

有一次，我独自一个人开怀

大笑了。

有一次，我坐到了一只苍蝇

身上。

有一次，我到处听到了“杀

人犯！”的喊叫声，可是当

我仔细查看时，我只发现

垃圾桶里有一个被削了皮

的番茄。

突然间我将自己和装饰区分

开来了。

伴随着说第一个句子，我就

已经掉入陷阱了。

我能够使别人理解我。我觉得，我准保睡了好长时间，因为我现在清醒了。我走到桌前，要用桌子，可是你瞧一瞧——桌子被用完之后继续存在着。我可以登台，因为我知道我的位置在哪儿。我无法两手干燥地入睡，但是当我向手里吐唾沫时，它们就变得更加干燥了。由于我在说：椅子是无害的，那么椅子的无害也就随之逝去了。我感觉舒服，如果门已经开了很长时间之后终于被关上了。我知道，什么东西应该摆放在哪儿。我知道什么是合适的尺度。我不把任何东西放进嘴里。我能笑到数三。我是别人可以需要的。我从好远就听到木头在腐烂。我不再把什么都当真。我无法期待醒过来，而我以前则无法期待入睡。人家教我说话了。我被置于现实当中。——你们听到了吗？安静。你们在听吗？安静。嘘。安静。

舞台变黑。

安静。

65

当舞台重新亮起来时，表演过程又一分为三：伴随着卡斯帕下面空话，场外提词人再次通过扩音器里开始说话了，但是声音很小。他们一再轻声地重复着下列台词：但愿吧。自己的未来。如今每两个中就有一个，而以前每四个中才有一个。可能的东西。但愿吧。让生存变得轻松。但愿吧。发挥。但愿吧。事实上。但愿吧。不断增长的数量。但愿吧。服务于这个。但愿吧。潜在着危险。但愿吧。为此需要这样。但愿吧。最后他们小声重复直到结束：但愿吧。但愿吧。但愿吧。在此期间，那些卡斯帕拖拖拉拉古里古怪地来到前台，走到说话的卡斯帕跟前，开始拖拖拉拉古里古怪地给这家伙制造麻烦。他们尤其嘲弄一个物体，比如说一把椅子，因为他们嘲笑它，模仿它，给它套上戏装，把它拖走，模仿它被拖走时的响声，最终将这把椅子置于可笑的境地，并且使它和所有其他物体变得不可能。前台的卡斯帕继续说道：

我听到木柴在火中**惬意地**发出噼啪声，我这样说是想表达，我听到骨骼**不是**惬意地发出喀嚓声。椅子立在**这儿**，桌子立在那儿，我这样说是想表达，我在讲述一个故事。我不想变老，但是我希望，现在已经过去了很长时间，我这样说是想表达，一个句子是一个庞然大物，我这样说是想表达，说话能够暂时起到帮助作用，我这样说是想表达，当我感到害怕时，每一个物体都变得棘手。我说：我可以想像，我现在无处不在，只是我无法想像，我真的就在那儿，我这样说是想说，那些门把手是空的。我可以说：空气突然咬住了，或者：房间嘎吱嘎吱响，或者：窗帘丁零当啷响，我这样说是想表达，我不知道，我在哪儿应该插手，在哪儿应该放手，而当我说，我不知道我应该在哪儿放手时，我是想表达，所有的门只是以这样的借口吸引我过去，那就是它们是可以打开的；我想在这个意义上使用什么样的句子；我的头发陷进桌子里就像卷进机器里一样，而且我被剥去了头皮：按字面的：每一个新句子都令我恶心：形象的：我被搞糊涂了：我受到控制：我向另一侧望去：充斥着一片不流血的安静：我无法再摆脱自己：我把帽子扔到肉店挂钩上：每一条板凳都会帮助人死亡：装饰是防水的：家具是它们应该是的样子：什么都不是敞开的：疼痛为期不远：时间要停止：思想变得渺小：我还经历了我自己：我从未看到过自己：我没有进行过值得一提的抵抗：鞋子合适得就像浇注上一样：我不会惊慌地逃跑：皮肤脱落：脚变得麻木不仁：蜡烛和蚂蟥：寒冷和蚊子：马儿和脓包：白霜和老鼠：鳗鱼和油煎馅饼：山羊和猴子：山羊和猴子：山羊和猴子：山羊和猴子：

在此期间，其他卡斯帕用他们的工具，在他们随身携带的物体上和在说话的卡斯帕身上制造出了一种越来越令人难以忍受的噪音。同时他们还咯咯地笑，表演着一般戏剧中背景人物的手势，伴随着说话的节奏，讽刺模仿着说话的卡斯帕等。连说话的卡斯帕也取出一把锉刀来，并且制造出一种与他们不相上下的噪音，因为他在麦克风话筒上锉了起来，并且借以支持自己所说的句子。但是现在，突然间，舞台上几乎彻底安静下来。那些卡斯帕只是轻微地用胳膊向空中打来打去，挥来挥去。他们又来回舞动了一会儿。他们窥探着。

然后卡斯帕说道：

山羊和猴子：

同时，随着一声刺耳的响声，帷幕向着那些卡斯帕来回舞动的场地中央猛地稍微移动了一下。

山羊和猴子：　随着一声越来越刺耳的响声，帷幕又向着场地中央移动了一段。

山羊和猴子：　随着一声更加刺耳的响声，帷幕又向着场地中央移动了一段。

山羊和猴子：　随着一声更为刺耳的响声，帷幕又向着场地中央移动了一段。

山羊和猴子：　随着所有可能的响声中最为刺耳的一声，帷幕最后猛地移动了一下，就在说话的卡斯帕说完最后一句话的那一刻，它撞上了双手还在轻微舞动的全体卡斯帕：它将这一伙人撞翻了。可是他们倒在此刻已经合上的帷幕后面。同时场上一片安静，演出结束。

(1967年)

文
景

Horizon

社科新知 文艺新潮

骂观众

[奥]彼得·汉德克 著
韩瑞祥 主编
梁锡江 付天海 顾牧 译

出 品 人：姚映然
责任编辑：陈欢欢
封扉设计：荀冠虹
版式设计：张 布

出 品：北京世纪文景文化传播有限责任公司
(北京朝阳区东土城路8号林达大厦A座4A 100013)
出版发行：上海人民出版社
印 刷：山东临沂新华印刷物流集团有限责任公司
制 版：北京大观世纪文化传媒有限公司

开 本：850mm×1168mm 1/32
印 张：7.75 字 数：117,000 插 页：2
2013年1月第1版 2019年11月第3次印刷
定 价：38.00元
ISBN：978-7-208-10846-2/I·1037

图书在版编目（CIP）数据

骂观众/（奥）汉德克（Handke, P.）著；韩瑞祥主编；梁锡江，付天海，顾牧译. —上海：上海人民出版社，2012
ISBN 978-7-208-10846-2

Ⅰ.①骂… Ⅱ.①汉… ②韩… ③梁… ④付… ⑤顾… Ⅲ.①戏剧文学-剧本-作品集-奥地利-现代 Ⅳ.①I521.35

中国版本图书馆CIP数据核字（2012）第146393号

本书出版得到奥地利教育、艺术和文化部所提供之翻译资助

Die Übersetzung wurde gefördert mit Mitteln des Bundesministeriums
für Unterricht, Kunst und Kultur